詩選集

私の代表作

ワシオ・トシヒコ
佐相憲一
編

コールサック社

序文

序文

〝代表作〟とは何か、誰が決めるのか

ワシオ・トシヒコ

このようなタイトル、愚問と揶揄する向きがあっても、決して不思議でないかもしれない。ふだん何ら疑問を呈することもなく、熟知しているつもりで日常的に用いいながら、いざ定義づけとなると、霧や靄の中を彷徨するようなもの。なかなか、正体が摑めない。もしかしたら〝代表作〟こそ、その最たる例ではなかろうか。

とりわけ繊細な内的メカニズムを瞬時に要する詩表現の場合、尚更に厄介だ。性格が複雑多岐に渉るのは、人間という存在が本来、多面的なせいなのかもしれない。

〝代表作〟。この用語にふと疑問を抱いたのが、運の尽き。今、塗炭の苦しみに喘ぐ身となった。序文としての体裁を装うために、このような拙文でジタバタしている。

もしもあなた自身の代表作はと正面切って問われたら、どことなく面映ゆく、なかなかこたえにくいかもしれない。けれども日本近・現代の物故詩人たちについてなら、躊躇なくこたえられるだろう。

例えば島崎藤村「初恋」、三好達治「雪」、室生犀星「小景慕情」、中原中也「サーカス」、宮沢賢治「永訣の朝」、高村光太郎「道程」、中野重治「雨の降る品川駅」、茨木のり子「わたしが一番きれいだったとき」など、スラスラと……。

しかしこれらは、学生時代の国語教科書による頭脳への単なる刷り込み現象や、私個人の主観によるものかもしれないのだ。評者によっては同じ代表作でも、「初恋」でなく「小諸なる古城のほとり」、「サーカス」でなく「汚れちまった悲しみに……」を挙げるかもしれない。

当の詩人自身、はたしてこれらの評価をどのように受容し、納得し、または納得していないのか。きわめて、興味深い。

そもそも〝代表作〟とは、いったい何なのか。誰が決めるのか。そうした素朴で原初的な疑問から、この企画は、茫洋とした霧と靄の詩の大海へと漕ぎ出したのだけれど……。

代表作？　誰もが日常的に口にし、その具体的作品と理由を無責任に挙げる。しかしまったく意想外なことに、〝代表作〟とは何なのか定義づけされないまま、一人歩きして現在へ至っている。因《ちな》みに詩語辞典、文学事典の類を慌て気味に繙《ひもと》いても、〝代表作〟という項目自体に出遭えないのが、現状なのだ。

例えば、分厚い新装版の『広辞苑』に当たってみようか。

「その作者の特色を最もよく表した作品。また、その作者の作品のうち最もすぐれたもの」

と、まったく素っ気ない。まるで〝たかが代表作、されど代表作〟といった感じなのだ。

そこでこのたび、野球でいえばキャッチャータイプの佐相憲一さんのミットめがけ、エイヤッーと疑問を真っ直ぐに投げかけて見た。すると、早速、返球があった。現在、全国各地で活躍中の老若男女の詩人たちに協力を仰ぎ、各人がこれこそ〝代表作〟にふさわしいと考えられる作品と共に、その理由ともいうべき思いを添えていただくこととなった。

全体のキャパシティの関係上、文字数制限があるのがやむを得ないけれど、いかにも残念でならない。しかし〝代表作〟とは何で、誰が決めるのか考えるうえで、貴重な資料となるのは間違いないだろう。

版元の鈴木比佐雄さんの勇断に感謝したい。

二〇一八年三月

はつ春の陽をわずかに感じながら

詩選集　私の代表作

目次

Ⅲ

選んだ思い／略歴（50音順）

詩選集　私の代表作

I

ヒロシマの鳩

有馬 敲

クウ、クウ、クウ
空、空、空、空、空
昼前の広場から
いっせいに飛び立った鳩の群れが
元安川の上をゆっくり旋回する
かがやく噴水よ　もっと高く
真夏の空にまっすぐ吹きあがれ
蒸れるそよ風よ　もっと生ぬるく
よどむ川端から強く吹きつけよ
相生橋のほとりの
鈴木三重吉の碑にそよぎかかる
しだれ柳の前にたたずむとき
崩れかかるドームの
かたむく残骸よりも斜めに
慟哭している　おびただしい死者たちの
短い影

おお　幻か
かげろうが燃える向こうから
身動きしない人間たちを積んで
京都の地名をつけた中古の電車が走ってくる
「祇園」「西陣」「銀閣寺」……
その上を横切って
本川へ舞いもどるひと群れの鳩よ
張りつめた青い空にむけて
近くの球場から聞こえる
大歓声よりも高く鳴け
苦、苦、苦、苦、苦
クウ、クウ、クウ

変化

値上げはぜんぜんかんがえぬ
年内値上げはかんがえぬ

とうぶん値上げはありえない
極力値上げはおさえたい
今のところ値上げは見送りたい
すぐには値上げをみとめない
値上げがあるとしても今ではない
なるべく値上げはさけたい
値上げせざるをえないという声もあるが
値上げするかどうか検討中である
値上げもさけられないかもしれぬが
値上げは時期尚早である
値上げの時期はかんがえたい
値上げをみとめたわけではない
すぐには値上げしたくない
値上げには消極的であるが
年内に値上げもやむをえぬ
近く値上げもやむをえぬ
値上げもやむをえぬ
値上げにふみきろう

さかだち

ぼくは　もっている
　ちきゅうを
りょうてで
　　ちきゅうをもっている
　ぼくのては
いま　ちきゅうを
　　もっている

ぼくは　もっている
　いえも　いぬも
まちも　やまも
　　さかさまにもっている
　ぼくのては
いま　ちきゅうを
　　もっている

サファイア異聞

若宮 明彦

花崗岩の岩肌を
雲母《キララ》の風とともに
浮遊してゆく
ひとつのあお……

実験室の小窓から
そっと盗み見た
沙羅の貴婦人の
ひとみのあお……

鋼玉に色はつくか
酸化アルミナの
着色への激しい拒絶！

感性のフラスコに
氷窒素をひたして
はてしないあおに挑むが……

完全なあおの色付けに
疲れはてとぐろを巻く
合成化学者ベルヌーイ

コバルトではあおは計られない
あの女《ひと》のあおには届かない
銅か！
酸化鉄か！
バナジウムか！

どうして
水のあおは
すくうことによって
透明なフィルムに転化するのか
なぜ
空のあおは
一日を駆けぬけると
紅潮しうつむいてしまうのか

果てしないあおへのイマージュは
悲歌の定理に苦悩する
合成化学者の憤り！

〈サファイアは
　冷徹な光にもだえ
　結晶格子のとばりに
　下がってゆく思惟の氷柱〉

未知のあおへの
煮えたぎる想いを
二〇五〇度のアルミナスープにささげ
合成化学者ベルヌーイは
きゃしゃなルツボを
今夜も抱きしめる

羽根

とてつもなく遠い時代の
まったく見知らぬ場所に
背中に生えてきた羽根を
忘れてきてしまったらしい

遠い遥かな夢の中では
青い空を自由に飛び
過去を振り返ることはなく
未来ばかりを見つめていた

目の前の真っ平らな石に
くっきりついた羽根の化石
小さな肩甲骨そのままに

博物館のバックヤードで
失われた自分の羽根を見ていたら
泣き虫の少年に声をかけたくなってしまった

五月の浜辺

柳生じゅん子

真っ平らな海面に　若緑色の小島を浮かべています。
不穏な船影ひとつ寄せつけず　驚きの声をあげるのさ
え憚られる静けさは　初めて出会った海です。

誰かが　うっとりとこの景色を眺めていった後のよう
な気配が　水際に残っています。そのなつかしさが
並んで立つわたしたちに　蟠りのないやさしい沈黙を
呼んでいます。それぞれに持っていた気質が　寛容さ
になって　ここに溶け出しているのでしょうか。

内面が穏やかだと　海でさえも地上へ打ち上げる言葉
は少ないようです。その僅かな　紫色の石や　朱い貝
殻となったものを　砂に屈んで見つけては　兄たちが
わたしの掌に乗せてくれています。指で摘んでは　原
型を推し量り　宝物を譲る口上を付け加えています。
（ひとりで貰っていいのかしら。わたしの至らなさ
あと一歩の我慢が足りず　みんなを悲しませた日々が
あったのに）

浜の外れへと　ふり返りながら去っていくのは　父と
母ではないかしら。（昨日わたしたちは　ふたりの法
要をして　あちら側から来てもらったのでした。わた
したちが今日ここへ来ると知っていて　立ち寄ってく
れたのではないかしら）。父が時折　弱った母の足元
に気をつけています。笑っています。ふたりは少し前
に　四十余年ぶりに再会したのです。消えかける父と
母にわたしが手をふっているのが解かったようです。

それにしても　この混りけなく磨かれた光と風　空の
青さ　砂が受けとめてくれる感触まで　現《うつつ》のものとは
思えない有様です。わたしたちは　どなたかの導きで
ひとときこの世を抜けてここへ来たのかしら　それと
も　もうそんなに遠くない明後日の夢を先取りして
目覚めて辿り着かせてもらった場所なのでしょうか。

かけがえのない一日を形にして　貝殻は　磯の匂いと

砂粒を　わたしの掌にこぼしています。

かごまちは

バスの経由を間違えてしまった。丁寧に放り出された場所は　商店街の側であった。ほうじ茶の香りがしたような気がして　通りを覗こうとすると　たちまちシャッターで拒まれた。物語の意味が滲む路地には　がらんどうの気配で　立ち入りを疎まれてしまった。

誰の夢からはぐれてきたのだろう。見慣れない鳥が飛んできた。若々しい独唱《ソロ》によって　中空に緋色の花を咲かせてみせた。ふたつ　みっつ……。受け継ぐ者のいない　美しい職人技だ。ふいに　ピッと　光が裂かれた。この世の境にある階段が　目の奥まで続いていく寺の林の方へと吸いこまれていった。

ひとり残されたと解るのか。街路樹にからまっていた蔓が寄ってきて　その冷たい指で　足首を掴もうとした。朝夕言葉を欲しがる魔物がひそむ胸奥が　ことりと開いたような。

深い眼差しに押し出されるように　バスが運ばれてきた。窓の外　立ち並ぶ人の暮らしの上に　薄い霧がたゆたうのが見えた。あれは　逃げ隠れ　ついには曖昧になったものたちが　風に流されていく寸前の　今日を限りの憂いであろうか。もう一度バス停の名を確かめようとすると　貼られた路線地図にのっていない。かごまち　籠町　駕籠町　加護町　過誤町……。

わたしはどんな時間のページを　捲ってしまったのか。景色の裏側に行ってしまった人たち　どこにも残っていない生命の足跡　名付けようもない日々は　ひとりの記憶でしかないのか。わたしが置き去りにしたのではなく　どの場所からも　とっくに見放されてしまっていたのだ。

うつむけば　靴先には　確かに　土とちぎれた緑の葉がついているけれど。

難民の瞳

梶原 禮之

吹く風の音の　波の輪や
舞いあがるち切れた花びらの色に
追跡者を感じて　かれの瞳は
いまにもとび出しそうに　黒雲にむかっている
いや　森や沼や畑の影なき姿におびえる
逃げる　手には子の手　子のない手に鍋と米入れ
空から落ちる轟音で　子は死ぬ
連れ子は傷つき　行き先を見失う
北も南もあるものか　難民の目永遠に道を求める
不幸という生の道　かれらのキラキラ光る瞳は
希望の星の輝きではない
さまようわけのわからない涙　の筋でいっぱい
父はぼくの手を引き　弟を背中にし
母は次の弟を背中に強く　黒い帯をしめる
父と母は人目を避け　離れて進んでいく
海である　暗い夜の海辺　逃げるのに適した砂浜
難民の目からこぼれる涙は　砂を水に　川に変え
かれらの生命の泉となる海だ　未来だ
昔もいまも子供は殺されつづける
半島で　日常で多く死につづけている
難民が黒雲を眺める瞳は　氷の涙でいっぱい
明日の不安　難民　ぼくの友よ。

波の粒

波の一団が岩にぶつかる
空にむかって勢いよく
白い肌をみせる波の断片
若い粒が散っては波にのまれ
寄せてはひき　ひいては寄せ
いっしゅん　波は粒々になって
岸壁の厚い未来へむかって
肌のいち部を輝かす
そして落ちる

波はおなじ動作をくりかえし
風の強さに意志をたくし
もれた太陽のわずかな光に
希望をあてて　なるべく高く
高くたかく飛ぼうとする
飛ぼうとして岩にぶつかり
生きのこった泡だけが白く散る
冬の岩と海のうねりと
それが空の早さとかさなって
さまざまな波の粒が
さまざまに回転している。

川の流れ

永遠と停まったように流れている川
上流の冷たい糸のいくつもの流れ
下流では水が濁って波だっている
昔から水は底の方へとしかいかない
今一本の木の破片が中洲に停まった
澄み切った墜落を味わった後である
川の流れの音に促される
背負い切れない夢のかずかず
夜空が輝き　闇の静寂がおおいくる頃
消えかかった記憶の底から
青春の試みが起きあがってくる
川の浅瀬にのりあげた枝切れ
心を波にゆすぶられ　傷を洗われ
落日の光に輝かされ
枝のひとつひとつの肌が一瞬くもる
希望　野心　人間愛　焦燥　そして闇
涙のような憐憫を湖にたたえて
青春の熱い饒舌がよみがえる
チラッと後を振りかえった折れた木も
次から次へと寄せてくる川の沈黙に
おしだされるように再び流れだす
沼へと流れる川もあり
海へと向かう川もあり
田畑の生となる川もある。

花の季節

堀場 清子

だれが書いたのか
「安らかに眠って下さい」などと
どうしてねむれよう
剝げおちた皮膚の痛みも去らないのに
命が内から崩れてくる
苦悶がいまも　火となって駆けるのに
また夏がきて
夾竹桃が　咲く
あの日の紅さに　死者たちが目をみひらく
生者たちは目をそむける

紅い花芯のひとつびとつに
死者の目を点火せよ
風にゆれる　すべての花のしたに
わたしたちの怯懦を晒せ

……恥かしくないか　わたしたち
犠牲の上に生きのびて
平和をしかと　手に摑んだか
長年月を　わたしたち
あまりに無力で　はなればなれで……

だが　まさにいま
生きていて　生命への愛を語る
このささやかな営みが
殺意と憎しみを融かしつくすその日まで
ヒロシマの霊よ
眠るな

羽仁五郎

タートルネックの白いセーターである
老骨といえども厳寒にレインコートである
容貌は人類の祖先が猿であると納得させる
傲然とステッキついて
鬼の四機の白眼を肩先でこじりあげ
全共闘応援演説ぶちにゆく
じつにいいことというのである
さす手ひく手が大向うを沸かせるのである
お頭《つむ》がよろしいのである
生まれついてのアジテーターである
もしも君主が
霊峰不二であるならば
羽仁五郎はひとり屹立する槍である
俗塵をはるかに去って

天を衝き
風を截り
眼下一千尺
うごめく弱小の輩を侮蔑する

ででぽっぽう（天保の飢饉考）

北畑 光男

ぽう　ぽう
ででっぽっぽう
でれすけでっぽう
ででぽっぽう
茂作　金太天国さいげ
ぽう　ぽう
でれすけぽう
でれすけでっぽう
ででぽっぽう
しげ　すえ天国さいげ
天国さいって水晶になれ
でれすけでっぽう
でれすけぽう
でっぽ　でっぽ
でれすけぽう

指の火

私の左手
中指をみると吹雪だった
その中を切り倒された原木が
つぎつぎに滑り落ちていく
やがてこれらの木は
暗い炭窯の中にきちんと並べられ
火を放たれる
《己が燃え尽きることなく
　木は火の苦しみを苦しみ
　もがきの果てに
　黒く硬いものに変わる》
岩手県下閉伊郡小川村の救沢で
炭焼きの父の仕事を私は手伝った
吹雪が横から吹きつけ
何枚も重ねた軍手は
凍てついていた
視界は吹雪にさえぎられ
滑り落ちてくる原木と原木の間に私は指を挟んだのだ

それ以来この中指は縮んだままだ
吹雪のなかに立つ節榑《ふしくれ》た木のようになったままだ
逆回転する
私の指紋の向こうで
指を
原木のように炭窯に並べ
火を放つ
だが父は
指どころではなく己の腕や肢を
炭にしていたのだ
炭を買い求めてくれた人々のなかには
父の腕に
火をつけてくれた人もいたにちがいない
そしてまた私の左手
中指にも

みずすまし

嘘をついてしまったあとは
胸のあたりに
水たまりができる
そんなぼくの
濁った水たまりで
哀しみからやってきた
みずすましが廻っている
一匹のみずすましは
水面の上と下の両方をみている
みながらくるくる廻っている
声こそ発しないが
ただ小さな地蔵のように
手を合わせている
ぼくの濁った水たまりを廻っている
ついてしまった嘘は
くるくる廻っても澄むことはない
廻るほどに漣がたち
生きている悔いがひろがっていく
みずすましをみていると
仏さまに母と小石を積んだ
幼い日のぼくがいる

銀の冠を

越路 美代子

銀の冠をかぶり
風にのって
綿毛が舞ってくる

光に呑まれては
仄くらがりに浮かびでる
その　軌跡

　ひんやりと伸びる路上の　一点
　ひと粒の〈タネ〉が
　着地する瞬間《とき》――

文明という名の　耀きに
ぽおっと暗い環《わ》を宿す
そんな　懐中電灯を点してみたい

竹のうた

アスファルトの裂け目から　竹が　生えた
葉さきを揺らして　ハミングしてる

　根の　押しあげる勢いが　重い問《つか》えを
　とり放ち　わずかな土を探しあて

……もし　コンクリートの歩道に
たくさんの割れ目ができるなら　――

若竹たちは　息　弾ませるだろう

　闇を這い　起ちあがり
　かすかな光りを　嗅ぎあてて

青竹いろの葉は　そよぎ
この地上の　疵口を塞ぐだろう

雪のなか

とおい　透かしもようの欅も
猫やなぎや山査子の尖　も
ほそい枝えだの線そのままにくるまれて
白く　匂いたっている
寒気のはざまにながれるぬくもりは
かなたからおりてくる　沈黙のはなびら
――ふりますね　と　ゆきずりのひとへ
わたしの唇《くち》も　かるくほころび
折りかさなって　舞いしきる
白一《ひと》色に　舞いしきる
　死者の魂によって
　根づくはな　が

○

ながい　舗装をめぐらす道も
置きざりのアルミの缶　も
大地をとざしたまま蔽われて
土にではなく　埋葬される
ひかりを失くしたしずもりのもとに　いま
ひびいてくる　沈黙のしらべ
――お気をつけて　と　いくつもの声が
わたしの頬を　撫でてゆき
しめやかに　降りしきる
白い闇に　降りしきる
　死者より生きるものへ　の
　鎮魂のうた　よ

あやとり

武西 良和

一本の毛糸の端と端を結ぶ
すべてがそこから始まる
ゼロというかたち

左手と右手に渡された輪の中で
左指が右手に近づき離れ
右指が左手に近づき離れ
丸い宇宙のなかで次々と糸が
錯綜して仕上げていく
遠近の思考

両手の間に渡された橋の上で
複雑さが繰り返され
立ち上げられていく
具体
試行錯誤のうちに

両手は魅入られたまま
二人並んで学校の坂道を下りていく

赤信号の所に来て
二人はあやとりを止め
それまでのモニュメントを壊してしまった
繰り返された複雑さも
出来上がった具体も
一本の
糸
に帰っていく

歩道橋も横断歩道も二人の
記憶
の位置によみがえり
さよならのあいさつを交わして

（詩集『子ども・学校』より）

自転車のかぎ

給食のおばさんの
自転車の
鍵
が抜かれていた

駐輪場にいた何人かの子に
聞いてみたが誰も知らない

おばさんはしかたなく
タクシー
を呼んで家に帰った

タクシーの中でおばさんは
犯人
を捜さなかった　けれど
誰が
持っているかをしっていた

鍵
を持った子は
うつむいてひとり
寂しそうに歩いていた
だれもいない暗くなりかけた
神社の境内を手に
鍵
をしっかり握りしめて

これほど大事に
握りしめられていることを
おばさんはしっていた

いつかその子の手を握る
予感
があったので

（詩集『子ども・学校』より）

はにわの眼

鳥巣 郁美

わたしは
はにわの眼のように
何もかも吸い込んだ

わたしの行方にあるものに
ひとつずつ
急な速度で
近づいていった

はにわの空間が
無限につながってゆくように
わたしの心も
常に
限りなくひろがってしまう

はにわの眼のように
いつも開いていなければ
がらんどうの空間になるから
わたしの眼は
またたくことが出来なくなった

おびただしい霧がとおっても
くっきりときりとられた
はにわの腕は
いつも乾いていた

はにわの眼がぬれないように
わたしの眼も
おびただしい涙の中で
うるおうことが出来ない

移ろい

夜が閉じ　夏が終る
濃緑のしたたりも終る
猛々しい炎の中でうなだれていたいのちあるもの
光におぼれた隠花植物
たっぷりとした毒に浸され
白砂はじりじりと舞い上がっている
明日　その夜明けを希って
生あるものがひしめき
夏は光のなかで交替している

夜明けと共に没するであろう花々
予期しない限りあるいのちを存分に開いて
その銀嶺草に似てあわあわとした時間を
営みは濃く昏く底なしの沼のようにとめどなく続いて
がっくりと首を落した明け方
淡色の体液が流れる
すべてはゆっくりと回転している

動と静をわずかに踏みかえ
ためらいのようにひとつのからだをゆさぶる風鈴
塗りこめた音のない世界のはじまる季節
とりとめもなく語らう風も木も人も
ふいにあふれて
みずいろの体液のようにしずまっている

執着の炎がかすかにゆらめき
色褪せた緑が揺れる
今日　その背中からやってくるもの
樫の葉の傾き
底昏い体液を流した源への道を遮り
コスモスが揺れる
微笑みを踏み
新しいいのちを踏み
唯ひたすらに墜ちのびてゆくもの
傷口のように開いて遠のいてゆく夏の日の海

北海道共和国のさびれた街を

神原 良

北海道共和国のさびれた街を
幾つか拾いながら　歩いていく
幻想のこの街では　君はまだ生きていて
路地ごとに　一瞬の影　を残す

夏なのに　風花が舞うその路地の奥で
いまは猫の姿で　君は笑う
幽明境を異にして　なお
君を追い　君をおもう僕の迷妄

室蘭港の夕映え　死ではなく生を
投身ではなく　新たな生への投企を
あの日　僕たちは夢見ていた

その夢の果てを今　僕は歩く
北海道共和国のさびれた街を
幾つか拾いながら　歩いていく

嘆き

私の父は貝殻
青い雲が垂れ込め
砂丘は緑
湖底の砂、水晶は夕焼け……
接骨木《にわとこ》の花は　白い
あれは　夭折者《ようせつしゃ》の白い葬礼
……貝殻の立てる波の音

凧は泣き濡れ……

あめりかひこうきビラの舞い
ぶえとなむでこどもがしんだ
ひらひら　ひらひら　子供がしんだ！

夕餉のおかずは生魚！
口開《あ》けて　しんでいた
冷たい顎に歯はろっぽん
耳はちぎれて、飛び散った

砂丘は嵐
そうそうと　そうそうと
風が渡る——平野は雨！
砂丘の影が平たくなる
雲は垂れ込め
地平線で
誰かが母の名まえを呼ぶ
——その向こうで　日が、暮れる

私の父は貝殻
往古の浜に打ち上がり
いつのまに　時は、たそがれ
《ぶえとなむでこどもがしんだ！》
地平線で、
誰かが母の名まえを呼ぶ
あれは……
子供にはぐれた母親が
また　その母を呼んでいる声？

ケルトの丘

死滅都市《ネクロポリス》に
ケルト十字架が　一本
七千年前に　君がたたずんだあの丘
風が　古代の地平を　吹いた

幾たびか　出会いと別れを繰りかえして
また　この世紀の初頭に　君と出会う
ファー・イーストの森の中で
かすかに　君の呼び声を　聴く

一瞬　眼を交わし　これで充分だ
夏の驟雨　こんなにも冷たい八月の雨に
君と僕　ふたり　濡れそぼって……

いま　君はようやく思い出している
七千年前　君が立ち尽くした
あの丘を吹き過ぎた　風なんだ　僕は

目の容積

赤木 比佐江

目はしまう
サルビアの赤い花を
ドアを開けて
通りを歩いてゆく息子を
風に揺れている草の葉を
草の葉の先の露の玉を
あなたの瞳の中の暖かさを
ふるさとの山や
港に停泊する船をしまう

そして
広々とした草原も
つらい光景も
一瞬にして取り出せる不思議な穴
渇くズキッと痛む

シパシパする
チカチカする
オレンジ色に見えてしまう
一時間につき七十件
電話番号を案内した目
それでは少ないので
もっと数をこなせと言われている目

目にはどれだけのものが入るのだろう
仕事帰りのわたしの目から
カタカナや数字や漢字が
涙のように溢れて落ちる
地下鉄の雑踏も
ネオンの光もぼんやりとかすみ
朝止めた自転車が
見つからない

一本の草

なれるなら
一本の草になりたい
道端にしげる
夏草の中の草になりたい
誰にも気付かれない
一本の草に
ひどい悲しみにあった人が
その匂いをかぐと
ひょっこり元気になるような
不思議な薫りを持っている
一本の草に

風になった子

風になった子の
話をしましょう
合理化で配転された
まだ若い母親のお腹から
ロッカー室で
死んで生まれた子のことを

その子が儚く握った世界のこと
手のひらの細い骨のこと
星にはなれなかった
小さな魂のこと

その母が泣きながら
スカーフにくるんだ血の塊のこと
生きてなくても
やはりお腹を痛めた子のこと
風になった子のことを

病む少女の予感

名古 きよえ

少女は屋上から見る
たくさんの鉄塔が気味悪かった
健康な農婦でも近くに寄らないように言われている
原発からの送電線を支える鉄塔は
少女が暮らす町を股にかけて増えていた

月に一度　街の大病院へ行く少女は
親戚のマンションから見るネオンが気味悪かった
きれいだと言われるが
この人工美は人間の鱗のようで
欲望を眠らせない都会の光だった

そんなことを口にすることもなく
少女は自分の感じたことを
詩に書き　やさしい祖父に見せるだけだった
ネオンは
地上の星と
皆が言っているようには見えなかった

突然の原発事故から
　放射能汚染
福島の人が故郷を離れていく
家から出て行く
内部被曝を恐れて　あちこちへ散らばって行く

少女の本能的な予感は
自分でさえ気味悪く
目に見えない放射能汚染に
自分の死を思う
お爺さんは
昔の
火や水の話をしてくれる

夜明け

たとえば　杉の梢

飛ぶ　鳥でさえ　ふるえる
神はどこに在る
雫は　ふくらみ　落下する
音符のように

ほのかにあけた空と
私の呼吸と
風は薄絹のように吹き
肌にしみる

夜明けの　空に向かえば
独りは　豪奢《ごうしゃ》な

存在

ここに居る
ここで出会い
ここで夢みる

ここから　出かけ
ここへ　帰ってくる

いつも　みんな仲良くと願い
それが　ときたまに
いかにもろく崩れるかを知り
深く諦めたかと思うと
また　くりかえし
なおも　夢みる

夢みた日々をふりかえり
これから迎える今日を
わたしは苦しみよりも
こころこめて明るさを選ぼう
山の音ひびく　祖母の織った麻布に
しみ込ませるために

林立と祈り

佐々木 淑子

心躍らせて
春の丘に　駈け登れば
馨しい秋谷の大地を
白い雲のように　覆いつくし咲く
幾万の野水仙の群れ

小さき花々はみな
陽光に向かって林立し
香りの素粒子が
かげろうのように
高く高く　立ち昇っていく

ああ　これは　きっと
ひとつの精神《こころ》の姿なのです
ひとつの讃美歌なのです

秋谷　三浦半島相模湾沿いに位置する景勝の地

ちっちゃいかみさま

そのむかし　宇宙のどこかで
ちっちゃいかみさまがうまれた

いつのころからだろうか
この地球《ほし》にも　たびたび
あらわれるようになった

ボサボサの　あたまして
ヨレヨレの　ふくをきて
ボロボロの　くつをはいた
ちっちゃい　ちっちゃいかみさま

そおっと　音をたてずに
あらわれれば　いいものを
そそっかしいから
カサカサ　風を鳴らしてあらわれる

とくに　子どものなみだに弱いらしい
いつのまにか　そばにきて
もらい泣きしている
ちっちゃい　ちっちゃいかみさま

それでも　いちおう　かみさまだから
たまに　すごいことをする

ある時
爆音の下で　やせた子どもが
血を流しているのを見て
ちっちゃなかみさまは　おこった
かみをさかだたせ　泣きながら
風と雨を巻きおこした

それから　少し落ち着くと
やっぱり　自分はかみさまだからと
いのちの美しさを　空に描いた
嵐のあとに　かかる虹

あれは　ちっちゃいかみさまのしわざです
きみ、べそかいていたね
ほら、カサカサ　風が鳴りだした

誰が十五歳の少年少女を殺したか

鈴木 比佐雄

＊すべての国民は、健康で文化的な
最低限度の生活を営む権利を有する
日本国憲法第二十五条

十五年前に電気を止められ長崎市の家で
試験勉強をしていた十五歳の少年が
ろうそく火災を起こして焼け死んだ

それから十五年ほど経った茨城県那珂市で
電気を止められた家の十五歳の少女が
ろうそく火災を起こして焼け死んだ

誰が十五歳の少年少女を殺したのか
ろうそくの灯りで試験勉強をしていた
貧しくとも健気に学んでいた少年少女を誰が殺したか

電気代を払えない親や祖父母が少年少女を殺したか
なぜ親たちは電気代を払えなかったか
親を失業させた会社や過酷な借金取りが
間接的に少年少女を殺したか

電気を止めた電力会社の「冷たい心」が少年少女を殺
　したか
なぜ電力会社は命綱を断たれた少年少女の火炎を想像
　できなかったか
電力会社による掟破りの見せしめが
間接的に少年少女を殺したか

試験勉強をさせた教師や学校が少年少女を殺したか
なぜ教師や学校は少年少女の胸の悩みに気付かなかっ
　たか
教師や学校が一律に課した試験勉強が
間接的に少年少女を殺したか

電気を止めることを許した役所や行政が少年少女を殺
　したか
なぜ役所は電力会社から電気を止める家の情報を求め
　ないか
「最低限度の生活を営む権利」に魂を入れない役人た
　ちが
間接的に少年少女を殺したか

電気が灯らない異変に気付かない近所の人が少年少女

　を殺したか
なぜ金を貸せない知人や友人は生活保護の助言をしな
　かったか
誰にも相談できない親や祖父母の小さなプライドが
間接的に少年少女を殺したか

電力会社の株主や利権を得る政治家たちが少年少女た
　ちを殺したか
なぜホルムズ海峡の石油タンカーと共に電気停止も議
　論されないか
憲法二十五条の生存権を真面目に運用できない政治家
　たちが
間接的に少年少女を殺したか

ろうそく火災を起こさない制度を作らない社会が少年
　少女を殺したか
なぜイルミネーションを夢見て焼け死んだ少年少女を
　思い出さないか
24時間営業のコンビニの消費された電気やそれを享受
　する者たちが
間接的に少年少女を殺したか

雷様から電気を盗んだ人間の知恵が未来の少年少女を
　殺したか
なぜ電気は電力会社のもので貧しい少年少女のもので
　はないのか
電気技術を支配し命よりも営利を優先する者たちが
間接的に少年少女を殺したか

子どもの命を軽んずる消費者を優先する社会が少年少
　女を殺したか
なぜ電気代を払えない家に「ろうそく火災基金」を構
　想できないか
電気代よりも子どもの命を優先しない社会やそれを恥
　じない大人が
間接的に少年少女を殺したか

私たち大人はこれからも十五歳の健気な少年少女を殺
　し続けるのか
なぜ私たちは有り余る電気によって血の通わない社会
　を作り上げたか
生き物を被曝させ核のゴミを残し原発を維持する社会
　はどこに向かうか
電気代を払えないほど孤立し病んだ親たちを生み出し
　て
これからも私たちは少年少女の未来を殺し続けるのか

天女の橋

外村 文象
踊子の絵葉書を
買い集めていた妻
ドガの描く踊子
木下孝則の愛したバレリーナ
小磯良平の踊子を買い加えた

少女にバレエを教えながら
バレリーナを夢みていた
軽快なメロディに乗って
肌に汗ばみ宙に舞った
柿の木坂の伊藤道郎の稽古場へ
通った日
ポニーテイルの髪が似合った
急死による師との永別

潔癖で妥協を許さない性格が
世俗の醜悪なものにふれて
行き詰まりを見せていた
そのころ私とめぐり逢った

知り合って間もない頃
京都美術館を訪れ
ピカソ展を観た
絵は共通の話題だった
私は「小説新潮」に
入選した詩を彼女に見せた
選者は三好達治だった
早春の日　ひとり
同じ場所に来て
小磯良平遺作展を観る
そばにいない妻を
実感しながら
山陰地方にある天女の橋を
いつの日か訪ねてみたい
幻の妻を追いかけて

面影

五十歳で逝った妻は
肌も美しかった
抗ガン剤の点滴を拒否したので
髪も黒々としていた

新婚旅行は九州路へ
雲仙　霧島　指宿　阿蘇　別府
カップルで観光バスは熱気に包まれた
銀婚式には沖縄への旅
翌年にはシンガポールへ
娘二人と家族で初めての海外旅行
それが思い出となった
妻の両親が長命だったので
油断していた
専業主婦だったので
健康診断をおろそかにした

二女の高校のＰＴＡの役員に選ばれ
ほんろうされていた
頭が割れるように痛み出して
診断の結果は悪性の脳腫瘍
肺からの転移だった
入院してすぐに手術
四ヶ月の入院生活
妻は帰らぬ人となった

国際化の時代だと口ぐせにした妻
二女は理学博士の夫と結婚し
イギリスのマンチェスターに
二年住んでこれからも三年
わが家は長男のローンで
新築し快適な生活の日々
この幸せを実感せぬまま
足早に逝った妻
レニングラードバレエ団の
踊りを市民ホールで観て
若い日の妻を身近に感じた
今年は没後二十年を迎える

クルーリ　リルクーリ

こまつ かん

クルーリ　リルクーリ
今は骸の
首をくくった男女が
あまりにも薄っぺらで
両面が鏡のパネルとなり
無色透明の混合気体にゆれているようだ
個体が

リルクーリ　クルーリ
デオキシリボ核酸が支配し
一組の個体は静止を忘れて
秘められたダンスを
再び踊り始めたのだ
螺旋も

クルーリ　リルクーリ

生命徴候を道連れにして
時間軸のゼンマイを逆に回しながら
かわるがわる
背景の壁を映し
隣のパートナーを映し
第一発見者をも映す
鏡は

リルクーリ　クルーリ
かすかな振動が生み出す動力学の
呼応しあう円運動のなかで
右の鏡が私の鼓動を抱きしめ
左の鏡に瞳孔をひろげた私を映し出す
意念たち

クルーリ　リルクーリ
おー　右の個体のひげがかすかに伸びる
あー　左の個体のつめがかすかに伸びる

私は病棟の現場

私は今夜選ばれた
私は向かって右から背中に受けて床におろし
次は左を背負い
そして
並べて寝かせて検視を待つ

おこない

バッタのうしろあしを一本
ちぎったことがありました
そのとき自分にわきでた想いや
気持ちにスッと入ってきたものが
なんだったたか

かなしいかな
大人になってしまうと
ちぎって歩かせた場面だけが
残っています

潜在

ながぁい　夜
余震が忍び寄る。

寝室に
不安が
漂ってくる。
ゆれるこころが
癒し人になる。

目を閉じ　手を
そぉっと自分にも。
それから　隣をだきしめる。

記憶

山野 なつみ

戦争は終わっていた
大人の戸惑いと悩みが
幼い目にもあざやかに記憶されている

ある日
父は私を連れて遠く川向こうの駅に向かった
記憶の中の列車は私の前で止り
戸が開き　金髪の背が高い人間がいた
記憶はその人の奥に
ゆったりとした椅子と机　列車の中は応接室

父が知らないことばであいさつをした
その人は手を差し出した
開いた私の手袋は穴が開いていた
父は父でない姿で列車を見送った
記憶はアメリカ人のケリーの帰国する姿である
ケリーは24歳ごろと

長野県に吹き荒れたケリー旋風
人々は
軍国主義の教育から一斉に民主主義へ回れ右をした
アメリカ人の若者は　どんな思いで
穴の開いていた手袋をした私と握手をしたのだろう
どんな思いを抱いて日本に来たのだろうか
慈善だろうか
教育の大きな志だろうか
軍の特別な命令だろうか
ただ
ケリー旋風と一言では言えない人間の呼吸があった
列車の中の応接室の場違いな思い
一斉に回れ右をした民主主義教育
ケリーとの数秒の握手は記憶をかけ離れ
人間から人間へ小さな呼吸が流れた

あれからずーっと
一斉の回れ右も　前にならえの反対もしたくはない
個人と個人の心を探って　共に呼吸しようと
戦争を知らない私は考えている
反対は相手を知る事から始めようと

父の答え

音

人に伝わる自然な音は
ここからここまでさ
ピアノの上に片手が広がった
雷の音は
この辺を一度に押してごらん
風の音は
風が木々をすり抜ける
そうさ　ここをそっと
電車の音は
ここさ　ほんとうさ

聞こえない音も
今はとっても良くわかる
聞こえない音
今は　見えない父の太い指
その上　その下を流れているから

空

あの空の向こうは
星の世界だよ
その星の向こうは
やはり星の世界だよ
そのまた向こうは
宇宙さ
宇宙の向こうは
そうだなあ
その答えを考えると
そうさ　人間が悲しくなる

父の答えた悲しさは
今はとっても良くわかる
暗黒の世界に人間の
悲しみが広がっているから

コブシメの比喩

金田 久璋

身の危険がせまると
頭足綱コウイカ科のコブシメは
とっさにサンゴ礁の岩肌に
肌模様をなぞらえて
いっとき岩かげに身を潜めた

みごとな擬態をうつす
鏡すらなく　とっさに自分を見分けてみせる
その極意やおそるべし
毎日鏡をみない日はないが
奴等ほど自分がわかっているとは
おのがじし　とうてい言えた分際ではない

造化の神はみずからになぞらえて
人間をつくりたもうたとか
いいや　人間がせっぱつまって
神をつくったのだとか

いやはや　いずれにしても
おそれの多いことでございます
当節　子供似の親御さんもいて

今朝も鏡をのぞいてはみたが
写っているのは　他人さまのようで
いっこうに自分らしくは思えない
そらぞらしくも醜い姿をさらして
ともあれ　いちにちをやりすごす
差し迫った危険から身をかわす
極意も　術も　コブシメほどにもなく

人間は神の比喩　出来損ないの
しかも　直喩ではなく隠喩

神がいなければ　人間とはなに
人間がいなければ　神とはなに

虚実の桜

テリウソ　アメウソに
花芽を啄まれず　吉兆は束の間のまぼろし
満開と同時に散り始め
北上する静心なき桜前線　その切っ先にある飢餓《けがつ》
地震《ない》振る　海の嘯《うそぶ》き　山背吹く　白河以北一山百文の
　背骨の嘘寒さ
打ち寄せる死屍累々の此岸にも降る　さくらばなはや

随筆集『如是我聞』の一節に
「葉桜が見もの」と
引かれ者の小唄を歌い
太宰治は戦後を嘯く
わが心しぞ　いや烏滸《おこ》にして　いまぞ悔しき＊

泉水の汀に
葉桜の影を落として
散り敷く桜吹雪の
風のまにまに　流れ漂う花の渦

水辺に写る満開の
あやかしの花の枝振りは時差を彩り
水面は一枚の虚実の被膜

はなびらにしめやかに降り積もる
セシウム１３７・ストロンチウム９０・ヨウ素１３１
　の微塵
水底に身じろぐミジンコのかそかな震えしも

その時魚が撥ね　水鳥は潜り
截金色のさざなみが波紋を描く
砕け散る水面に
深い夕闇が降りてきた
ふとわれに返って　同心円の眩暈《めまい》のなかに
佇む　垣間見る黄昏の深淵

一枝の虚実の桜を手に
千鳥足で　千鳥ガ淵を
引かれ者の小唄を歌い
今一度葉桜を振り返り
春遅い夕暮れの岸辺を
立ち去る　有情の都の
うそ色のうそうそ時に

＊『古事記』中巻・応神天皇歌。太宰文学を柳田国男は「烏滸《おこ》の文学」と呼んだ。「烏滸」とはおろかなこと、たわけ。

原子 修

涙

わたしの科《とが》のはじまりを生みおとした
いにしえの母の

大きく見ひらかれた目から
宝石のしずくとなってこぼれた
一滴の涙を

なぜ
今
世界中のわたしが泣いている

白鳥よ

みずうみが
こんなにも深く
あいをたたえて　すすり泣くのに

風が
こんなにも遠く
いのちのよろこびを　かなでわたるのに

なおも

どんな　空の純粋
どんな　雲のかろやかさにあこがれて

今日も　とびたつのか

おごそかな
光の散華に　身をやつし

北のこごえにもだえつつ
なおも
どんな　魂の潔白
どんな　肉との別離にあこがれて
今日も　旅だつのか
白鳥よ

母

肉《ししむら》の　洞《ほら》の　夜に
ひとしずくの霊を　蒔き
陣痛を焼《く》べる　指先で
己《おの》が　いのちの焔《ほむら》を　つむぎ
わたしを
他人《よそびと》となる暁へと　織り
酷夏のハイヌーンに
売りたまいし
愛《かな》しみの乳
しとど
降らせまいらす　人《ひと》

Ⅱ

レイルーナ

井上 摩耶

私は繰り返す
光の中を
闇の中を
繰り返し行ったり来たりする

何のためかはわからない
誰のためかもわからない

あの時
あなたが私を見つけてくれなかったら
私は死んでいただろう
路頭に迷って
野垂れ死に
私にはお似合い?

繰り返す中で

少しずつ老廃して
私は目が見えなくなった
何かにぶち当たれば
反対方向へ
何かを感じれば
また固まって

あなたの暖かさだけが
私の隠れ家だった

足の指は擦り切れて
生暖かい
多分
血液が私を悩ます
見えない目は
私に安らぎを……

あなたが見つけてくれたから
今、私はここにいる

忘却の川なんて
そんなものはない

私は繰り返すのをやめて
足の指がまたはえたら
あなたと歩きたい

短詩

傷だらけの心は
もう傷つく場所さえないくらい
でも、それは
キラキラした
手彫りのまぁるい
ペンダントのよう……

宝石

あたるしましょうご中島省吾

いつかウォンが掘り出される
いつかドルがやってくる
いつかマルクの雨に遇う
いつか元がドアが閉まる前に
駆け込み乗車で
君の側に飛び込んでくる
いつか宝の山でお昼寝をして
いつか宝石の中で
ぐるぐる遊んでいる
「飽きたよ」
お菓子の家に入って
徳川家康に片思いされて
告白される
いつか宝石の街が
君のものになる
いつか宝石商人が
「忘れ物しましたよ」
と、君のポケットに
世界最高と
言われているクレオパトラのネックレスを
押し込めて行く
いつか君の世界に
勝手に宝石が
勝手にやって来て
向こうから
勝手にしつこく付きまとい
宝石が君から離れなくなる
「君しかいない」
宝石が嫉妬して
君のことばっかり
想って
君の側から
宝石が離れない
いつからか
君は宝の山に
追いかけられる
いつからか
君の隣には宝石が
君のことばっかり優先して
君から離れない

坂本龍馬と
徳川家康と
豊臣も織田も西郷も源も
君のことを
「だから
　君のことを命を
　かけて守りたいから
　君のこと男として守りたいから
　いや。俺こそ。俺こそ」
と、君のために
みんな必死に争う
君を守る運命の男は
俺だと
つまり
Ｉ　Ｌｏｖｅ　Ｙｏｕ
と告白される
「えー？　超ウザー。どの男にしようかなぁー」
君が言う

名古屋鉄道

愛を私が知った
愛を君が知った
私が愛を叫ぶ
愛を僕が知った
愛を叫ぶ僕は夢を見ていた
君という夢を見たいよ
ずっと永遠にこのまま雪と共に消えないように
愛知県の熱田神宮の式前で誓った
少年は僕だった
僕は愛知の少年
愛知の少年が愛知の少女に愛を叫ぶ
名古屋鉄道のホームから
向かい側のホームの女の子に愛知の少年は叫んだ
おみゃーとおりゃのかていをつくりゃん
女の子は泣いて少年を見た
おみゃーとおりゃのかていをつくりゃん
おみゃーとおりゃのかていをつくりゃん
電車が来た
電車が過ぎ去っても
女の子はホームに立っていた

切願

羽島 貝

重い腹を抱えている
今は
撃たないでくれ
腹の横に穿った穴からおそらく
あふれ出てしまう
絶対に
お前だけには見せたくなかった
何かが。

溺者

理由はそれだと云って
おまえは
岸辺に降り立った
一羽のカラスを指さした
かつて巷間の病巣の深さに怯え
テレビが直視できない自分を
おまえが、なおも顎先を摑まえて
画面へと押しつけたときのように。
とどまることの決してない流れから
這い上がろうと岸へかけた手を
おまえは
笑いながら踏みつけた。
そう
確かに慈悲の一撃が必要だったのは
この自分のはずだった。
おまえは
バニラアイスを銃口につめると
笑いながら足元へ向けて引き金を引いた。

「もう貴様のことなど見てられない！」

噴出したバニラが手元を
ヌルヌルに滑らせたので
わずかに岸にかかっていた指が
外れてしまった。
はずみで
頭まで流れの中に身を浸した自分は
ああ
意外にも
その中で呼吸が可能であることに気がついた。
思わず両手で顔を覆うと
甘ったるいバニラの匂いが
馬鹿めと云った。

「すまない」

自分は押さえつけた指の間から
ようやく謝罪の言葉を漏らすと
貴様のすまないは安いから。

などと呟いて
空っぽになったアイスカップをおまえは転がした。
このヌルついた手では
もう
けして岸辺を掴むことは
出来ないだろう。
舐めても
舐めても
バニラアイスがこの掌から
落ちることはないのだから
だが
おまえの死と自分の生とは無関係なものだ。

ましてや

一羽のカラスが自分の理由であるなどと云うことはない。

なあ？　自分《おまえ》。

待ち時間

井上 裕介

真夜中のコインランドリーで
仕上りを待つ
オールナイトニッポンなど
聞きながら
隣のコンビニで買った
熱い缶コーヒーの
ここちよい苦味が
昼間のあれこれを
招き寄せる

職場のいやな奴
まだそばにいるかのよう
あっちへ行けっていうのに
スーパーのレジのなつみちゃん
くりくりした瞳がいとしい
こっちへ来てっていうのに

そんなよしなしごとを
つぶやいていたら
ラジオからふと
永ちゃんの「時間よ止まれ」
だけど時間は止まらない
早く去って欲しい時間も
止まっていて欲しい時間も
じっとしてはいない
かわりばんこにめぐってくる

曲が終り
午前二時の時報
待ち時間終了のブザーも
さて
次にめぐってくるものは

秋の空気　その二

きっと
ふたりが
一線を越えたなら
一夜にして
風がそっくり入れ替わり
昨日までの風は
彼岸花に見送られ
まだ青やかな
あの撫で肩の稜線を越え

〈ナツオシミバナ〉が
〈アキオコシバナ〉へ
より赤々と入れ替わり
きみへの視線も
からだの線から
ことばの線へと

帰り去る夏風と
還り来る秋風の
擦れ合う
火花として
つかのま開く彼岸花

そのつかのまに
ふたりのことばの線が
みるみる幾千もの枝道に
逸れに逸れ　逸れ合って
一夜にして
破線となり
点となり
風がそっくり
入れ替わり

月と僕

中道 侶陽

ある未明のこと
円い月の貫禄に
僕の目論見は暴かれていた

僕は何か言い訳をしなければと
しきりに口をまごつかせる

けれど月は僕をゆるすように
何も言わずに在り続けた

垂れ下がった月の尾が
喉元より入り込み
五感のうごきを停止させた

ながいこと　ながいこと

僕は呼吸をしていたんだと思う

揺り籠

しんしんとの雨つづき
窓際には少年
中には老婆

少年見ゆるは
産まれた赤子
雨ざらしの揺り籠

少年見ゆるは
鬼の子、邪の子
雨ざらしの揺り籠
押す者はいない

鬼の子見ゆるは

方円の雨、尖形の闇
雨ざらしの揺り籠
押す者はいない

光

街路樹　常夜灯　月明かり
痩せた歩道橋　電光掲示板　コンビニエンスストア
張り巡らされた電線　高層マンション　お社へと続く
　階段
影が伸びる　もう一つ　弛緩していくように
手を結ぶ　重なり合っても影は影

雨降り　濡れた路面　ビニール傘
ふと　呟く　消失
影が伸びる　黒の中　黒を行く
薄い暗がり　境界線　沈む黒
その静謐に　手を結ぶ

小石さがし

吉川 伸幸

あるいは
僕の知らない
もっと別な色と形をしたのが
僕の小石なのかもしれなかった

もう川原は暮れかかっていて
皆は思い思いに自分の小石を拾いあげてひきあげよう
　としていた
僕には許されることではなかった
かりそめに小石を拾ってきて
それで人生を降りるということが

夜が僕の肩に触れる
わずかに残った者たちも一人また一人とたち去り
僕は光の奪われた冷たい水の流れの底を手さぐりでさ
　ぐる

あるいは
もうずいぶん前に捨てたのが
僕の小石ではなかったか
ひょっとするとその隣に息づいていたのが
そうではなかったか
あるいは
もうどこかに埋もれたか
だれかに拾われてしまったのではないか

皆がたち去った川原の
闇と川音の中に
僕は僕の小石をさがす

鍵盤にふれる

夏の盛り
おさない娘がピアノの鍵盤にふれている
みじかい指を精いっぱいのばして運び
知っているわずかな歌の旋律を
いくどもなぞっては飽かずにさがしている

碧い空の下　麦藁帽をかぶり
白い蝶や褐色の蟬を
茂みや木陰にさぐるように

銃器の引きがねにしかふれることのできない
こども兵たちの夏にも
空は碧く広がっているだろうか
みじかい指を精いっぱいのばして運び
いくども引きがねを引く
こだまする銃声がそのたび捕らえるものは
こどものいない夏

いくつかの夏の後に
躍動するリズムと輪郭のある旋律を
娘は奏でているだろう
ゆたかにのびた指が
まあたらしい鍵盤の上を
かろやかに踊っているだろう

彼女のピアノを弾く指は
あのこどものいない夏の空にもふれようとするだろう
か
再び夏が訪れるのを許されなかったこどもたちの
鍵盤にふれることなく　泥に埋もれた
みじかいままの指の骨の上に

眠り

末松 努

静かにナツメ球を灯す日々に
名前を呼べる一夜をください
ふたりでひとつに眠ったなら
すべてを消してしまえるよう

住職さん

秋風の吹き抜ける寺の境内で
突然の訪問にも住職は微笑んでくれた
喧騒はなく
すぐそばに繁華街があるとは思えないほどだった

なぜだろう
日頃の悩みを打ち明けたくなり
わたしがとことん話すと
住職はひたすら聞いてくれた
一通り話し終えると
住職が優しく言葉を織りはじめた

自分を見つめてはどうでしょう
それは自分をきちんと見極めて
許すということです
なかなかできないと仰るが
許すとは甘やかすことではない
自分が自分を認めるということです
他人にばかり認めてもらっても
自分というものは立っていられません
自分であるということは
だれでもなく
あなたがあなたを受け入れることなのですよ

愛想笑いと挨拶を残し
寺を後にした
住職は最後まで微笑んでくれた

わたしはといえば
微笑んだようで
微笑んでいなかった

できないと拒絶しているわたし
認めないと拒絶しているわたし
いったいわたしは
どうなろうとしているのだろう

境内から鐘をつく音が聞こえてきた
振り返った夕陽が
住職の微笑みのように見えた

ファイト

戦わないこと
争わないこと
そこに無責任がないこと

危ないから、と言われ
戦う準備に明け暮れるか
危ないから、と言われ
戦わない方法を探るのか

戦争はしたくないけど戦争をします
という矛盾を抱え
死にゆく人びとを作ることが
真に戦うということなのか

死なないこと
殺さないこと
生きていくこと
人間は
奇跡のもとに
生まれてきたのだから

ふるさとの水

伊藤 恵理美

前略
おかあさんへ

今日は
水の声を聞きに来ました
心が渇いてきたので

水の味を覚えに来ました
恋しくなって

水の香りを思い出しに来ました
こぼれあふれる中にいた頃のこと

水を感じに来ました
魚のように
のんびりゆったり揺れていた
まぁるい水の中

いつか　いつか
私も水になります
誰かの中に　満ちていける
水に

そう　手紙を残してきましたが
本当のことを言うと
ひとつ　間違ったふりをしました
漢字を

水　という字
母　と　書きたかったのです

願

水面に
一円玉を浮かべられたなら
願いが

叶うという
夜
暗い色の水を張った空に
月を浮かべる
夜の底に
沈んでしまわないように
願
を　かけながら

箸の願い

手で触ってもいないのに
揚げ物の衣が
カリカリになってくるのが
わかる
箸　を　通して

箸　に　なった
木
を　通して

木であったとき
止まった小鳥の
小さな重み　とか
雨が当たった葉の
ふるえ　とか
幹に触れる　人の
ぬくもり　とか
地球に伝えていた　から

箸　に　なっても
私の手を通して
伝えたい　のだ
木であったときと
同じように
地球のために

四丁目の角に　かいじゅう　が立っていた

勝嶋 啓太

三丁目の来々軒で　ラーメンを喰った帰り
まだ午後2時27分なのに
随分　薄暗いな　と思ったら
四丁目の角に　かいじゅう　が立っていた
今にも　泣きだしそうな顔をして
誰にも見られたくないというように
背中を丸めて縮こまって
建物の陰に隠れているけれど
身の丈が１００メートルもあるから
頭も体も　こちらから丸見えだし
尻尾なんて六丁目の方まで伸びているんだもの
誰が見たって　気づくだろう
そもそも　こんな白いツルツルの町じゃ
お前の真っ黒いガサガサな体は
どこにいてもすぐにわかってしまうし
お前がちょっとむずがっただけで
あっちのビルは　壊れるし
こっちの道路には　穴があくし
急行電車は　ひっくりかえるし
お前の　小さくて　優しい眼は
真っ暗な夜が来るのを　ひたすら待っているけれど
夜は夜で　ここらへんは　ネオンサインだらけだから
お前の居場所なんて　ないと思うよ

（詩集『来々軒はどこですか？』所収）

着ぐるみ

真夜中になったら
押入れの奥に　秘かに隠しておいた
着ぐるみ　を　引っ張り出して　着るんだ
背中のチャックを閉めたら
ぼくは　もう　真っ黒くて　ゴツゴツした
かいじゅう　だ
身長１００メートル　体重10万トン

１００本もの鋭い牙が　ズラーっと並んだ
真っ赤な口から　１００万度の炎を　ガーって吐いて
なんでもかんでも　燃やしてやるんだ
でっかい足で　なんでもかんでも　踏み潰す
長くてぶっとい尻尾で　なんでもかんでも　叩き壊す
嫌いな会社の上司も　ぼくのことバカにした同僚も
口うるさい両親も　ぼくのことフッたあの娘も
どいつもこいつも　みんな踏み潰してやるんだ
幸せそうな奴らも　楽しそうな奴らも
全員　踏み潰す
みんな　みんな　ペチャンコだ
ギッタンギッタンの
グッチャグッチャにしてやるんだ
国会議事堂も都庁も　叩き壊す
東京スカイツリーも東京タワーも　へし折る
渋谷も新宿も銀座も池袋も　東京は全部　火の海だ
ぼくは　かいじゅう　だ
身長１００メートル　体重10万トン
恐いものなんて　何もないんだ
かいじゅう　になって　街へ出る

街は　眠っていて
しいん　と静まり返っていて
発泡スチロールで作ったみたいに　頼りない
真っ暗な闇の中　街灯の明かりだけが
ところどころに　ポツン　ポツン　と
ついているだけだった
誰も　いない　真夜中の街を
ひとりぼっちで　ノッシノッシ　と　歩く
なんか　とっても

かなしくなった

家に帰って
着ぐるみ　を　脱ぐ
着ぐるみ　を　押入れに戻す
夜食のカップヌードルに
お湯を注いでたら
涙が止まらなくなった

（詩集『今夜はいつもより星が多いみたいだ』所収）

平頂山殉難同胞遺骨館

畑中 暁来雄

線香の匂いが漂い
小さな音量で　お経のテープが流れる
異様な静けさの中
「骨池」を巡る
あの日　命を奪われた
中国人のドクロを凝視しながら

突然　遺骨館を揺るがす
婦人の泣き叫ぶ声
嗚咽が白い天井に反射し
「骨池」のドクロに吸い込まれる
一九三二年九月十六日
撫順市郊外の
平頂山村の村民三千人は
皆殺しも同然だった

日本軍は
「記念写真を撮るから集まれ」と
村民をだまして一ヵ所へ集め
四方から機関銃の一斉射撃

女性の悲鳴
子どもの泣き叫ぶ声
母は子をかばい
兄は妹をかばい
折り重なって地上にたおれた
首筋から血を流して……

静まりかえった死人《しびと》の山を
日本兵が銃剣を突き刺して歩く
「殺しもれ」はないか
冷酷に観察しながら

今、私の前には
抱き合った母子《ははこ》の遺骨がある
そしてその奥に連なる
八百余りの人骨の浮かぶ「池」
目をそらしたくなるが
「歴史」が私をつかんで放さない

ドクロの窪んだ眼が
私を凝視する

（注）「平頂山事件」
一九三一年九月十八日の柳条湖事件後の侵略戦争時代、「平頂山村」という行政区はなく、遼寧省撫順市近郊の「平頂山」という集落での事件でした。

弔歌

原 詩夏至

衝突は不可避だ
なぜなら
氷山は遍在するのだから
先日
北の海では
西の客船が
瞬く星空に尻を突き上げて
頓死した
突き上げたのが手ではなく尻なのは
神へのせめてもの抗議の仕草なのか

（海にいるのは
巨船よ　あわて者よ
あれは乗客ではないのです
海にいるのは
あれは波ばかり）

その後
南の海では
東の戦艦が
輝く太陽に赤腹を晒して
憤死した
晒したのが首ではなく腹なのは
誰へのせめてもの帰伏の仕草なのか
だが
それも不可避だ
なぜなら
敗北は遍在するのだから

（空にいるのは
巨艦よ　おろか者よ
あれはグラマンではないのです
空にいるのは
あれは雲ばかり）

はじめまして

今や戦場と化した中野の
半ば瓦礫に埋もれた居酒屋の
此処なら少しは安全と思われた厨房に
まずは身を潜める
糧食をともかく掻き集めて
何とか家に帰り着きたいのだが
まだ大丈夫なのか早稲田通りは
やはり並行する細道をじぐざぐに
進んだ方が却って安全か
表は雨が降り出したようだが
黒い雨か酸性雨か得体が知れないので
出来ることならあまり濡れたくない
しかし考えることは皆同じなので
逆にその裏を掻いて突っ走れば
それが家への最短の近道とも
考えれば考えられなくもない
俺は帽子を被って駆け出した

頭上には無数の落下傘
救援物資かそれとも兵士なのか
見上げる俺の眼に雨
へんに沁みる
どうやらやはり普通の雨ではない
涙まじりの雨粒が頬を伝う
たぶん家などないなこれはもう
そうも思うがではどこなら帰れるのか
出し抜けに後ろから轟音
振り向けばサンプラが見る見るへしゃげてゆく
これは行くしかなさそうだこのまま
さようならサンプラ
積木の街
こんにちはキャタピラ
破壊の冬
ふと気づけば
こめかみに銃口
ここまでか
やあ　死よ
はじめまして

世界の祈り

神月 ＲＯＩ

上弦の月よ
生まれ来る命に生の喜びを与えておくれ
下弦の月よ
終わりを迎える命に死の安らぎを与えておくれ
新月の闇よ
悩める命に少しだけの休息を与えておくれ
満月の光よ
彷徨う命の旅路に道標を照らしておくれ

星を眺める渡り鳥よ
嵐を越えて羽搏《はばた》き迷うことなく何処へ向かうのか
その最後の瞳に何を写し出すのか教えておくれ

とうに使い古された筈の新しき大地よ
そこにある森よ木々よ
芽吹く季節の草花よ
逞しく大地に根を張り
夢幻《ゆめまぼろし》の様に
実を結んでは自ら生まれ来る循環の中で
何を想い何を遺そうとするのか教えておくれ

風よ
厳しく凍てついた北から
暖かな安住の南へ向かう風よ
何を運び何を連れ去るのか教えておくれ

海よ
揺蕩《たうた》う穏やかな流れに身を任せては
荒れ狂い飛沫《しぶ》く海よ
何を生み何を育んできたのか教えておくれ

群青から泡紫《あわむらさき》に染まりゆく空よ
白く燃ゆる朝陽よ
何を連れて登り来るのか教えておくれ
新しい希望か
それとも無限の未来か

琥珀から紅明に染まりゆく空よ

赤く燃ゆる夕陽よ
何を置いて沈みゆくのか教えておくれ
喪った絶望か
それとも永遠の眠りか

血潮の様に鮮やかな真紅の炎にも似た
大気を焦がすマグマを吐き出す火山達よ
何に怒り地上を焼き 新たなる陸《おか》を作るのか
教えておくれ

朗々と謳い続ける吟遊詩人よ
あなたは廻りゆく時代《とき》の中を歩み続け
何を感じ　何を泣き　何を悦び
何を知り　何を想ったのか
竪琴の語るままに伝えておくれ

その旋律に感じ入る私の心は
未だ見ぬ静寂の宇宙と
幾億光年の力強い命に溢れる星々に心を馳せ
いつか更なる次元の高みにある
母なる根源へと

魂の還る場所を探すことなく飛翔する命脈を
幾千幾億の祈りと共に
その先にある答えを見つけられる様に
どうか導いておくれ……

ヒューマン・ネイチャー～人と人の間に～

半分の偶然に翻弄され奔流され
半分の必然に裏切られ救われ
哀しみ、歓び、怒り、憎しみ、嫉み、弱さ、……殺意
それぞれの心と感情が
魂の廻廊へと蓄積されてゆくような……
そして真実の愛に辿り着く時
人と人の間に生きることの意味を再確認し
やっと人間に成れるのだと、手を取り合えるのだと
俺はそれでも信じていたい

妻の口癖 ～銀婚式の日に想う～

星 清彦

私はずっと空を観ていた
何もせずに空の雲ばかりを観ていた
雲はやせっぽちの人生のようでも
煮えたぎる感情のようでもあった
ずっとずっと観ていたら
一瞬のように二十五年もの月日が流れてしまった
時間は思いの外収縮する
時間は溶けるように静かに沈殿するのだ
ついこの間のように思えるあの日
昭和五十八年九月二十二日
私は雲ばかり観ていたのに
君は毎日
足下ばかりを観ていなければならなかった
君は何時まで経っても
その日の金銭の工面ばかり
だから欲しい物が目の前にあっても
「この次にするわ」
「この次にしましょう」
と来る筈もない「この次」という言葉を
幾度となく繰り返すと
いとも簡単に諦めてしまうのだった
それはまるで淋しい口癖
だから君は新しい冷蔵庫を買っただけで
あれほどまでに喜べる人になってしまった
小さなことにでも
幸せを感じられる人になってしまったあなた
大きな幸せを
何ひとつ上げることができなかった私
そして銀婚式の日という大きな節目の日でさえ
変わりばえのしない日常の中に
埋没させてしまったことへの後悔
二十五年という大きな年月
果たして私は幸せであったが
君はと聞くと幸せであったと言う
そんな君のもうひとつの口癖は
「宝籤に当たったらお家買ってね。小さくてもいいか
　ら買ってね」
と五十才が近くなった今でもそう言う

広めの台所が欲しいと言う
狭くてもいいから庭に花を植えてみたいと言う
私はそれに頷きながら
遠い遠い叶わぬ夢を観ているような気がしている

こんな幸せもあるのだろうか
幸せとはこうも貧しく
つましいものなのだろうか
幸せとはこんなにも不甲斐なく
淋しいものなのだろうか

大きくなった佑樹

いよいよ陽も短くなってきたなというある日
具合を悪くし仕事を早く切り上げて帰る途中
家の近くまで来ると揺れ動く人波の間を
見え隠れしながら歩いて来る小さな子供が見えた
佑樹だ
左手にはビニールの袋を提げ
どうやらお使いの帰りらしい
バイクや自転車の行き交う商店街の中
一人でお使いをする佑樹の姿を初めて見た
暫くぽつねんと立ちその様子に見入っていると
佑樹もこちらに気付いたらしい
上唇を噛むようなちょっと硬い顔付きが
幾分朱らいだふうにも見えた
「お使いだったのかい」
と静かに尋ねると
「うん」
と大きく返す
「偉かったね、何を買ったんだい」
「お豆腐。今日はすき焼きだって。ママ忘れんぼだか
ら佑樹が買って来たんだよ」
そう自慢げに話す
「そう、それはお利口だったね」
ちょっぴり大きくなった掌を取り肩を並べて帰る夕方
陽と月もまた肩を並べていた
今晩は三人で久し振りのご馳走だ

蟬

佐藤 克哉

あなたを目にした一瞬は
浮遊する糸くずを
目で追うかのように
ゆっくりと過ぎていった
かろうじて届いた閃光は
場違いなほどやさしく
川面にゆらぐ
やわらかな光のようだった
忙しなく行き交う
オフィス街の雑踏の中では
あなたの息づかいに
気づく者はいない
わたしは引き返すことも
できたのかもしれない
ただ腹が減っていたのだ
昼食を終えて戻ってくると
そこにあなたの姿はなかった

数日後は雨だった
外へ出るとごみ置き場のまえに
ずぶ濡れになったあなたがいた
それは寝巻き姿の女を
見ているような感覚だった
近づいてみると
やはり翅は透けていた
胸には緑青色の
勾玉がちりばめられていた
アスファルトにしがみつき
静かに死を待っていた

ちいさなたましひとすれ違うたびに

ちいさなたましひとすれ違うたびに
まだ見ぬあなたのおもかげを
重ねていることに気がつきました
わたしたちができることは
ことぶき地蔵に願いを託すだけです

刹那の闇に一輪の花が咲きました
それはあなたが教えてくれた
さよならでした

オナガ

森は遠く離れて
ぼくたちは絶えず
青白い光に晒されている

いつでも　どこでも　だれとでも
という煩わしさの中で
電柱に留まるきみを
偶然見つけた

なぜこんなところに?
という問いは
そのまま私に返ってきた

灰青色の美しい幻想をくつがえす
下品ななつかしい鳴き声が教える

冷蔵庫の低くうなる声に
鈴虫のひそんでいることを

シャワーの打ちつける水の中で
薪は燃えつづけていることを

贈り物

星野 博

苦しむことに意味があるのか
あなたは何度も尋ねたかもしれない
いつも何かを引きずっているようで
前に進めないでいるかもしれない
でも覚えていてほしい
あなたは必要とされていることを

枕を涙で濡らした夜がいくつかあったかもしれない
そのたびにあなたのまなざしに憐れみが増している
孤独をいやというほど感じたかもしれない
そんな人は誰かと一緒にいる大切さを知っている
体の痛みを抱えている人は
苦しむ人の背中をさすってあげられる

別れのつらさを経験した人は
出会うことに素晴らしさを見出す
喪失の悲しみに落とされた人は
限りあるものをいとおしむ

「神様　なぜですか？」
この思いがいつも心にあるかもしれない
だが苦しみ　悲しみが
あなたを成長させ愛に満ちた人にするための
特別な贈り物だと気付いたなら
この世に別れを告げ　魂が肉体を離れる時
あなたはこう言うだろう
「神様　感謝します」

いること

たいせつなこと
キミがいること
ただひとりのキミが
ありのままのキミが

いまキミといたい
たまらなく　こころから
いまキミを見たい
目のまえで　すぐそばで

過去や未来　自由に行けたとしても
キミと同じひとに　会えることはない
似た人になら　おそらく会える
でもキミのように　ボクを見つめ
キミのその声で　唄う人はいない
ゼッタイにいない

この世界にも　このボクにも
キミが必要　どうしても必要
キミに見つめてもらいたい夕日があり
キミになでてもらいたいネコがいる
キミの髪を揺らしたいそよ風があり
キミに食べられたいパンがある

たいせつなこと
キミがいること
たいせつなこと
キミといること

あれっ

中尾 彰秀

あれっ
昼食時のひととき
あれっ
思わず口に突いて出た
何もない
歩道橋の上り口
陽が射すでなし
上り口は下り口でもあって
地面にはひと握りの草
橋の鉄板にかっぱり付いた泥しぶき
斜め三角地帯に六台の放置自転車
数十年の間というもの
人間の上ることと
下りることを見届けて
ただほんのりしている世界
明光風びや世界遺産などとは縁のない
大気の最もリラックスしている世界
ひょっとしたら時空超え
ここにありながら何にでもなる
存在の源
ふっと挨拶したような

一望

川沿いの一直線東へ疾走するバキュームカー
街のどこかへ
遙か東西に拡がる紀州山脈
緑の哀しい流れ
淡々と流れる川は西の海へ

山の呼吸運び
東へ滑る旅客飛行機は
空気の時間超えた筒作っている
もう何回廻った廻る度に
紫に瞳の光るトンビ
地球という青い幻想は
いつ迄幻想であるのか
今ひょっとしたら
ヘルメットの隅に隠れ遠慮勝ちな永遠も
一望の下に
ここに居ながら瞬間
ありのままで光の玉となり
自らの内に森羅万象見い出す

一望とはこういうことか
ああ一望とは
さらに眼を閉じて
自らの生まれてから死ぬ迄
そして永遠の魂の環想うと
ただ感謝の念ふつふつ

やって来た

からだから抜け出た魂の
に始まるとある詩
読むやいなや
深夜の何もない空間
カラコロコロ
数日前心不全で急死した
福丸やって来た
お前　詩解るんか

イタズラ好きの
とても賢い猫だった
高度な理知教育で
死んだら終わりと思い込んだ
頭でっかち
我々人間は転換を迫られている

ネットワークの片隅で

日野 笙子

巨大なネットワークの片隅で
ぼくはある夜
軽やかで唐突な
末路のような暗号を受け取った
文字のかげろうがぼんやりと画面に揺れ
可視にせよ不可視にせよ
うっすらとした手応えは確かにあるのだが
脈絡もなくぽかんと浮かぶ呟きに
アクセスしては
それは瞬時にかき消えていった

何かをつかもうとすると途端
しらけたような気分に襲われて
それが嫌でやっぱり飲んで閉じこもった
何かの正体は何者でもない
決してわかりえない歯痒さをかかえたまま
仮象の世界と知りつつ

ことばの暗示をするりとかわしてくれる
ぼくは無業者などと名付けられたが
むの字が違う夢業者なのだと
言い訳してみたいができそうになかった
わかるだろう?
　かわいそうに　でもかまってられないよ
ぼろくそに書き込まれてもへっちゃらだ
無視とぼろ布でもまとったぼくの心だから
そうさ　ぼくはからっぽだった
　今何をしている?
それだけの一行に無傷なままの好感を抱いたり
ちょっと気障だとコメントしてみたり
何度も酔って嘘をついたことなど
思い出し返信しようとしたけれど
からっぽで困ったのは
実はぼくの財布の方だった
ワーキングプアだったと言おうものなら
捨てられるような気がしたんだ本当に
ここは孤独なジャングルさ
迷い込んでしまう畏れと
誰も窺い知ることのないリアルタイム

唯一無二のぼくらの絆　そうだろう？
その夜はまるで呟く君が死を覚ったときのように
静かな時間が流れた
そしてどこまでも安らいだ夢を見た
ぼくの払拭しようとしたまさにその世界は
闇の中のぼくに向けて
体現してきた人のメッセージと知ったとき
その余震のような気分故に
やっぱりぼくは酔わずにいられなかった

ナウマン象の涙

水辺にしゃがんだ子どもは
象の形をした水やりでおおはしゃぎ
みてみて　水しぶきが公園の空にはじけると
虹がカーブしながら七色の丘の稜線を刻んだ
ヒトの記憶のしずくが
遠望となって幻想をかき立てる
あら　まぁ　遠い昔の水辺を
上の空でクルージングするような白昼夢
霧や夕立そして氷河の時代まで
象たちが今土埃を立てていっせいに駆けて来た
やがて滅びる時間を嘆いているのか
水の善悪が命のあかしなら
積もり重なったヒトの悪が
ミミズも鳥も土も空もみんなみんな
どのくらいの時間何が起こったのか
わからないまま蝕みつつある爆弾みたいな
破局がやって来てその時もし生きていたなら
夢の中の象たちは泣いていたと伝えて欲しい
曇りなく晴れ渡った午後
ベンチに腰掛けひととき過ごす
オフィスワーカーと住人たちが行き交う
初夏の日射しと木洩れ日それは晩年のようで
ここから見る公園は実にのどかだ
悲しいほどに失われてゆく水辺の夢の象
そして未来への遠望

ネット・イリュージョン

ワシオ・トシヒコ

時代がインターネット社会へと急いでいる
そのネットで憶い出す
少年の頃の運動会の障・害・物・競・走を

青空へ向けたピストルの号音で
いっせいにスタートする
倒してもクリアしなければならないハードル
助走なしで越えなければならない跳び箱
両腕を水平にしながら渡る平均台
もっとも真剣で滑稽なのが
次のネット潜《くぐ》りの状景だ

地面に張り巡らされたネットの海へ
時流に取り残されないよう懸命に潜《もぐ》り込む
躰《からだ》中に縦波横波《たてなみよこなみ》の網目がまといつく
遊泳

あるいは匍匐前進《ほふくぜんしん》し
どうにかこうにか
ネットから脱けて這い上がる
目が一瞬立ちくらむ
前方に人影がない
めざすゴールはどこだ

いったいここはどこなのか
誰にも答えられない

考える人

歩く
見る
座る

歩く
見る
座る

歩く
見る
座る

歩くうちに
歩く理由が彼方へと消える
見るうちに
視たいものが見えなくなる
そこで地べたに

どっこいしょと座る

夕闇が迫る
ホームというかたちがあっても
限りなくホームは遠い
還ることばの場処がない
もう立ち上がれない
気力が戻らない
座ったまま石のように固まる
意志のない石となる
彫刻のポーズとなる
考えるふりして
ロダンとなる
考える人となる

Ⅲ

夜と昼と季節と思い出と

関 中子

夜と昼が交互にくるのはなぜだろう
同じ大地に
同じ空に
夜と昼が割合をこころもちかえながら
最後にちょうじりをあわせて
季節とともにめぐるのはなぜだろう
人は
季節をつかんだと思い
夜と昼の割合を知ったと思い
変わるのは世界のほんの一部分だとたかをくくってい
る

永遠に
世界のほんの一部分だ
小さな花は
今年は姿を見せない
彼女は消えてしまった

季節は
彼女を失い
どこかぎごちない笑いを笑う
夜と昼も
明るいネオンの下では
かくしごとをさがしている

つかんだ季節は人の手からすべりおり
すべりおちた事実をうめるように
人は店を開ける
季節は失われていくものかもしれない
季節は未来にのっぺらぼうを秘めているのかもしれな
い

人は夜も動き
昼も動く
やがて夜がなくなるのを
今のうちからなれてしまうためだろうか
そうして、
世界は昼も夜もなく
季節もなくすのだろうか

人は書物や映画のなかで
夜を
昼を
季節を
思い出にするのだろうか
人は
思い出を食べて生きるのだろうか
人は何を食べるのだろうか
人はなにも食べないかもしれない

死者

あなたがいなければ
わたしたちは貝になるでしょう
あの青い海の底の
物を言っても
人には決して聞こえない
貝になるでしょう

その貝は
波に打ち上げられても
夕日に存分洗われても
色を失っても
形を崩しても
人の言葉を会得はしないでしょう

あの青い底の思い出
あのかすかな光の優しさ
とまどうような美しさを
人には決して言わないでしょう
あなたがいなければ
わたしたちは貝になるでしょう

昔　ここに川があった

忘れていたおとぎ話
建築家が滝の音を作っていった

映像の馬

嵯峨 京子

高原を裸馬の群れが走る

内モンゴルの遊牧の民は
こどもの頃から
馬と共に生活をする
よく人をたすけ
よく働いた馬は
野性に還されるのだという

よく育った駿馬は
遠くへ売られていく
そこで働き年老いた馬を
野に放ってやると　まず
生まれ育った家を目指し
歩きはじめるのだという

高原をひとり歩く馬に
出合うことがあれば
人はそっと水を与えて
また送りだすのだという

モンゴルの大草原を
生き生きと走る馬の映像を見ながら
わたしは別の馬の映像を重ねていた

肋骨が浮きでるほど痩せた馬が
誰も人のいなくなった町を
よろよろと彷徨い歩いていた
せめて　一杯の水を
差し出すことはできなかったのか
たとえ汚染された水であっても

あの馬はどこへ向かっていたのだろう

バオバブを育むアカビタイキツネザル

マダガスカルの巨木
バオバブの実が生る頃
アカビタイキツネザルはひたすら
木の下で実が落ちるのを待っている

アカビタイキツネザルは
二十センチもある実の殻を破り
果肉を食べ　種子を食べる
バオバブの木の下から移動するあいだに
アカビタイキツネザルの体の中で
バオバブの種子は発芽の準備を整える

太さ十メートルにもなるバオバブは
近くで発芽すれば互いの養分を
奪い合ってしまうから
創造主はすこし遠回りをさせて
種を生かすためのバランスを保つのだ

むかし読んだ
サン・テグジュペリの『星の王子さま』には
三本のバオバブの話がでてくる

ひとりの怠け者がバオバブを放置したために
ひとつの星が破壊されてしまう話
草には良い草と悪い草があって
悪い草は苗のうちに抜き取らないといけない
のだと　王子さまは警告する

戦時下操縦士だったサン・テグジュペリは
太い幹の天辺あたりで枝葉を広げるバオバブを
空の上から見たのだろう
彼は三つの国が世界を破壊する危機を
三本のバオバブが星を破壊する話として
伝えたかったのだろう

無調歌

原 かずみ

遠い宇宙の川べりで
月が全身を洗っている
透明な暗い水を滝のように放下させて

＊

またひとつ朝が来て
林立する無人倉庫の谷間から
ベルトコンベアーを乗り継ぎ
一つの木函がたどりつく

埃を払い
焼き印された日付を舐めるように見て
聖職者は四隅の釘を抜く
（皺だらけの手をふるわせ）
饐えた空気と雨風に晒された青い布
一瞬立ち上がる少女の香

それは何の手品？
子どもが聖職者の法衣を引っ張る
酸素吸入器の規則正しい機械音
〈朝〉だよ　ぼうや
幾人かの誕生日で幾人かの命日さ

＊

眠り足りない蛹の夢を
洗濯機が回している
つややかな木肌に産卵を終えた女の
朝の夢は
汚水に身を開き　無節操に交わりながら
ごろごろと回されていく

モーターの回転音
渦を巻く水のくぐもったオラショ
化石となった倒木
硫黄のにおいが胸に

＊

青の染料が切れかけた空は
感電したように
放電を繰り返している
焼けた道は痛々しい真皮を見せ
蒸気をたたせている
極北の火山から
間遠に立ち上る火柱
立ちながら枯れていくものたち
女の足下の石だけが　呪いを解かれて
声帯を震わせる

前を行く母に気づく
同じように石に声を与え
よろめいていた母が
急に　黒い四足の動物になって
激しく石を鳴らす

ビブラートの風が

＊

七色の空を映した入江
風にざわめく水森
入江の向こうで
こんもりと木々を繁らせた島が
心臓のように
鼓動している

焼き払われた道に戻る術もない
テラロッサの海岸に
打ち捨てられている木舟
水晶体のように光る水面に
女は　舟を出す

飛び立っていく鳥の群れ
母も軽やかな旅支度で
足を折りたたみ

億年先の空も
木舟の内で足を折る

祭り

佐藤 春子

祭りが近づいた夜
父は
　鯉の味噌煮
　鰻の甘辛煮
　野菜のざく煮
　焼き小鮒
　海老の大根おろし
などと言いながら献立と盛付けを
火箸で炉に書く

両親のきょうだい叔父叔母たち
揃う祭りに心がはずむ
私は
母や姉を手伝うことになった
もう六年生だから

翌日晴れ
家の前の堤の水を抜く
沼海老は網で掬う
鯉　鮒がぱたぱたしている
鰻は泥の中
そっと足で探り当て
すばやく摑む
そこまでは楽しかった

研ぎたての出刃包丁で
鯉はぶつ切り
鰻は頭に釘を打ち背開きにする
鮒は竹串に刺し炭火で焼く
海老は塩煎りだ

私は明日の祭りが
無情に悲しかった

カラス

台所で
午後のお茶を飲んでいると
屋根の上で音がした

　トタ　トタ
　　トタトタトタ
　　　トタ　トタ
　　　　ト　タ

カラスの歩く足音
様子をさぐる足音だ

二階の窓を開けてみる
まだ　一羽のようだ
吊してある
柿を食べに来たのかも知れない

食べてみると
渋がぬけていた

昭和の終焉

琴 天音

戦争と戦争の狭間を　戦中を　戦後を
台風の目のごとく生き抜いてきた人
昭和天皇

八十七年間にわたる生涯の最後に
延命処置を施される
「おかわいそうに　安らかに旅立たせてあげたいわ」
という私の母の言葉など届くはずもなく
延命という苦しみに注ぎ込まれていった税金

長寿国になったわが国を象徴する
日本史上最長の在位記録は　六十二年間と二週間
葬儀と墓の造営費用は　百億円

＊

蜿蜒《えんえん》と続いた昭和の終わりに
忘れ去られていたもの
それは闇につながる影

ゆらぐ炎が
存在と影を優しく示した過去は遠のき
二百ワットの電球が
中流階級を自称するわれらの食卓を
煌々と照らしだすいま
影は光のなかに唐突に現れる
闇から引き離された存在は
「在り続ける」意味を失う

そのときこそ
影よ
闇のなかから
存在へのレクイエムを唱え

重さなきがゆえに自由な影よ
光あたらば消え

光さえぎられれば現れる
影は闇の実存だ

光　存在　影
炎とともにゆらめく影が
いつも　そこにある　闇に重なる

荒野

ここにイエス御霊によりて荒野《あらの》に導かれ給ふ。悪魔に試みられんとするなり。四十日四十夜断食して、後に飢ゑたまふ
――マタイ傳福音書四章――

石ころだらけの地には
草木生えることなく
人っ子ひとり見あたらず
魑魅魍魎《ちみもうりょう》がうごめいていた二千年前
ユダの荒野
月や星が雲にかき消された夜には
己が手足さえ見えず
胸に手を当て鼓動を確かめるしかなかった

＊

アスファルトに覆われた地は
草木を拒絶し
行き交う車と人々の騒音に
魑魅魍魎が追い出されていった都市
東京という荒野
月や星が人工照明にかき消された夜には
不眠に苦しむ人々が
さらなる明るい夜を求める

拒食症のエバたちは
羨望の眼でイエスの四十日四十夜の断食を眺め
砂糖の夢に酔い苦《にが》艾の絶望を食し
命のかけらを落としていく

註　エバは日本語訳聖書の表記に従った。
「命」「生きるもの」の意。

沖縄のバスガイド

阿形 蓉子

若さではじけそうな身体に
戦争の悲惨さを訴える
　中部地区は基地の街です
果てしなく続く金網に目をやる
　よく見てください
　住民の強い要求で　海岸沿いの基地が住民に戻され
　ました
基地の建物が壊されたばかりの
広々としたむきだしの黒土の横を通った時
こわばった顔に
穏やかな表情がよぎった
バス通りに面した小さな家のそばに
三メートルの爆弾の残骸
しっかりと針金で柱に結わえてある
　本土の南部にアメリカ軍上陸の情報の裏をかき
　中部地区を集中的に攻撃したのです

　この美しい湾から米軍は攻めてきました
今は静かで美しいエメラルド・ブルーの浜辺
　米軍基地内の嘉手納飛行場は世界で二番目の大きさ
　なのです
頭上では爆音を立てて
戦闘機が群れをなして飛び交う
　映画でもご存知の通り
　沢山の少女たちがここで命を絶ったのです
ひめゆりの塔の下の壕の入り口
胸をしめつけられる思いで目を注ぐ
摩文仁の丘　健児の塔　記念碑の前で
声をからして叫ぶ
　沖縄にとって　戦争は過去の出来事ではないのです
戦争を呪い　アメリカ軍を憎む
厳しい口調
沖縄全周ツアーで知った琉球バスのガイド
二十二歳を迎えたばかりの
池原小百合さん

（一九八六年七月）

やさしい言葉

私たちは簡単に言葉を口にする
言葉には愛がある　悲しみもある
物事を理解するのに言葉が必要だ
うっかり独りよがりの言葉を使うと
誤解される
受け留め方は人様々
子供の頃
友だちの言葉の受け留め方は一様だった
大人になるに従って違ってきた
同じ言葉なのに
肯定する人　否定する人
曲解する人　様々である
どうして違うのかと思う
言葉によって人は思考する
物事を考える基盤は
生活の中にある
いってみれば環境だ

生まれ育った環境の違いが
言葉の受け留め方の違いになるのだろうか
笑顔も必要だが
やさしい言葉がよい
人の心を和ませる言葉がよい
三十年近く前
ニューヨークの国連本部で
父としゃべっていると
黒人の職員から
　あなたの国の言葉はやさしいですね
といわれたことが
いつまでも心に残っている

沈む夕日・出でる月

志田 静枝

中秋の名月とはこの事を言うのか
九月半ばの夕暮れに
西空はいまにも暮れようとして
太陽は西の残光の中にあり
存在感を放っている

東の空の夕靄に　ひそやかに
ぽっかり浮ぶ月の顔
この幻想の世界はどこから来るのか
それは時空のたわむれか
ひそやかさも無くてはならない魅力だ

そのコントラストの風景
時明かりの妙に　私は釘付けになる
今までにも出会えたはずなのに
感じなかったのは忙しさのせいだ
それとも　無関心だったたか

なんと幸せだろうかこの瞬間
太陽と月の巡り合わせの美は
人心を酔わせる　この日この時間
白い萩の花の落下に
そっと寄り添い手に触れてみる

昨日のこぼれ花の白萩も
形をなしたまま私の記憶の中にあり
残存とは思い出なのだ
この感覚はずっとあって
私の中で美化しながら永遠に……

悲しみの港

基地佐世保港の海をゆっくりと浮かぶように
静かに進んでいく
あれから四ヵ月
海上自衛隊の護衛艦　くらま・きりさめ
補給艦・はまな・が三月十六日インド洋から
基地に帰ってきた

テロ報復攻撃のため米第七艦隊の空母キティホークに
日本の自衛隊が後方支援するためだった
米海軍横須賀基地から空母キティホークが出港
集団的自衛権の行使に抵触するおそれがあると
いいながら別の基地から護衛艦　掃海艇　巡視船艇
送り出したこの日から日本は変わってしまうのか

基地の港は　ある時は穏やかな海にカモメが遊び
またある時は朝霧に包まれる
一寸先も見えない白いカーテンに遮られ
私の乗る船は霧笛を鳴らし続けて通る
幻想的な海は私に思い出を残した
　夫は「あきづき」に乗っているの……
と涙した若き日の友人がいた
若き日の苦さ　甘さの涙の滴を
呑み干してくれた海　故郷の海よ
再び戦争に利用されてはならない
悲しみの港にしないために
女達よ　今こそ立ち上がるのだ

　対テロ出動　海自艦帰港　佐世保
二〇〇二年三月一六日　朝日新聞
夕刊紙上より護衛艦・補給艦名引用

日記のように

一枚また一枚ページをめくる
サクサクと噛みしめる
深い海で帆立貝との散歩
今日の日はキラキラと
夏の暑い日

一枚また一枚ページをめくる
サクサクと噛みしめる
海育ちの私も泳ぎながら
戯れた海老たちとの思い出
故郷　長崎の浜辺を

いつかゆかりを求めて
私も旅に出よう　きっと
忘れられない人との出会い
胸を震わす感動があると
人生ってそういうものだから

朝

浅見 洋子

十一月の朝
青い冷気が　はだをさす
東王子二丁目の　歩道橋
「おお　ヨウコ
　死んじゃだめだ
　死んじゃだめだよ」
大きい兄さんが
いきなり
わたしを　だきかかえた

酒のにおい
プンと　死臭が　鼻をつく
――　なに　いってるのよ
――　どうして　また　やったの
きっと　にらむ　わたしの目
「おれ　ばかになっちゃったのかな」
「おれ　頭に毒がきたのかな」
のたりくたり
やっとのおもいで　あるく
大きい兄さん

王子警察から
大きい兄さんを　もらいうけ
二人で歩いた
東王子二丁目の歩道橋
上着のえりを立てて
のたりくたり
やっとのおもいで　あるく
大きい兄さんの　うしろすがた

息をひきとる
二週間前の朝
東王子二丁目の
歩道橋

不知火の海

働かない　海がある
働けない　海がある
沈黙の海　不知火の海

夏雲の影を　のみこみ
つきぬける青空を　のみこみ
三十幾余も　沈黙をつづける
不知火の海

有機水銀を　のみこみ
海に生きた　たくさんの人の
苦しみを　のみこんだまま
不知火の海が　拡がる

働かない　海がある
働けない　海が拡がる

子守

やせ細り　お腹が膨らんだ
小学校三年生の　智恵子
見かねた　近所の人が
子守の世話を　してくれた

智恵子の背に　伝わる
命の温もり　命の鼓動
彼女の中に　宿った情
乳飲み子への　慈しみ

めざしと　みそ汁
子守先の家で　初めて
家族と同じ　食事をした
彼女は　喜びと安堵のなか

生きねばならないことを
受け入れた

洗濯をする

田島 廣子

わたしは　時間がなくなると
いらいらしたり　怒ったりする
鏡をみるとこわい顔になる
落ち着くようにわたしは手で洗濯をする
今日　頑張ったなにがしかの汗が
脇や首から匂ってくる
うれしいときの汗も
怒ったときの汗も
泣かずにがまんしたときの汗も
服は全部知っていた

手で洗うと黒い汁が出てきて綺麗になる
　陰日向なく働いたね生きたね　今日も
と　言っているように聞こえる
お日様に干せば何か許された気分になる
洗濯物が干してある家をみると
わたしの心はほっとしてうれしくなる

夕日

〈朝日の一瞬の美しさより
　一周してかえってきた夕日が美しい
　夕日の詩を書きなさい〉

あなたは私の目をみて言いました

あなたは夕日と
自分を重ねてみていたのですね

自分の命が
遠いところに行ってしまうのを
せつないほどに
知っていたのですね

ゆっくり　ゆっくり
沈んでいく夕日に

ありがとう

さようなら
と
言っていたのですね

壜の中の赤子

看護学校の三年生の時　ハンセン療養所愛生園に
雪永先生に連れられて行った
塵ひとつなく　きれいな庭
小鳥も鳴かず　子どもの声もなく
電柱にくくられた木の箱からラジオの声だけ流れていた
「お茶をどうぞ」とすすめられたが
六二名の看護学生は誰も　湯呑を持たなかった
私だけが　ガボッと飲んだ

触っただけで感染すると　親子から引き離され
ふるさとを捨て名前はふたつ三つあった
離島に隔離され　人間の心まで閉鎖した

世間にウソを通用させ誤った判断をした日本の医療

妊娠がわかると砂の器の子宮でもないのに
恐ろしく氷のように冷たい空気の部屋で
強制的に赤子は注射で殺され口をふさがれた
ホルマリンの入った壜の中で
夜な夜な赤子が両親の顔見たさに顔をあげる
優しい腕に抱かれることもなく
子どもの名前で呼ばれることもなく
乳房が痛くなるほどに口を大きく開けて
お母さんのおっぱいを吸うこともなく
断種　生殖能力を失わされて
手術で切り取った睾丸が血をふいていた
私たちの子どもを返せ
無念さ　涙をいっぱいにして
故郷とつながっている黒い空をみていた

初恋の憲法

小田切 敬子

シュケン　ザイミン　と習った
一線一画　力を込めて書いていくので
文字の途中で　白墨が折れた
折れたところから　白い粒子が
ツ……と黒板の面を　すべりおちていった

社会科の先生は　お寺のあととりむすこで
歯切れのよい　よく透る声で授業をした

突然夕立がやってきて　まっくらになった教室に
ダンジョ　ビョウドウ　が
稲光に浮かびあがった
半分は雷におびえ　半分は先生恋しさに
中学生のわたしは　ふるえた

休みになるのを待って　暑中見舞いをだした
カナカナ蝉の鳴くころ

待ちくたびれた返事がとどいた
夏の暑さは　お米の実りに大切です
お百姓さんをおもって
がまんしましょう

わたしひとりのために　書いてくれた
先生のことば

だから
私のセンソウホウキは
白く光る見渡す限りの
田圃の水なのである

天をさして伸びた
苗の葉末に
ぽっちりとふるえる
水の玉なのである

階段あるいは段階

段階があるのだ
うちにいる
働きにでる　非組でいる
組合にはいる　組合費を納める　集会にでる
だまってきいている　学習会にでる　意見をいう
出ていく　ビラをくばる　署名をとる
むこうむきの人に話しかける　遠慮がちに話しかける
熱っぽくはなしかける　説得する

会議室からでてくる
ストと夕食のメニューが半ばして明滅する
とっぷりと暮れている

ホールには汗を流しているひとがいる
ストを打つか　打たぬか議論し　やりあっている間
卓球に汗を飛ばす非組の人々
揚句ベースがアップされれば卓球組にも及ぶアップだ

要するに段階があるのだ
もし落ちてくるダモクレスの剣があれば
卓球組は卓球台にもたれかかって
デモ組は見知らぬ街の歩道にたたきつけられ
同じ炭と化するだろう

であったとしても
風景が「のぼれ」と促すのだから
腹をすかして待つもののことなど考えながら
ボチボチのぼってゆくと
眼下にたくさんの光がみえてくる
まるで涙をたたえてまたたく
一つ一つちがった眼のような
一つ一つちがった色のカーテンのむこうに
ちがった夕餉が　湯気をたてているはずの

要するに段階があるのだ
私の知らないところで　私のために
のぼっていってくれている人がいるにちがいない今
私は私の前の階段に左足を掛ける

うみ（夭逝した少年に）

ひおき としこ

ひとつの水の
長さ　と
重さ　と
悶え
闇へ駆けてゆく少年
名前を告げてください
ながい死人の列から
たいらかなうみの　ひとつの命を　記憶している

うみ（心平の声）

いつの頃からか灯の消えた灯台　ふもとの故い宿
歴程夏のセミナー　最後の夜
食堂の向こうは　鉛色のうみとそらが重なり
老いも若きも詩人の顔で
草野心平　宗左近　石垣りん
安西均　吉原幸子……　の姿もあった
「あめゆじゆとてちてけんじや」
賢治の（永訣の朝）を　朗読する心平

「一行の詩のために死ねるか」
「わたしが死んだら恋人も死ぬ」
他人を質しながらやっと保っている矜持をもてあまし
誰もが饒舌で　言葉はかるく　かるく砂を這って
真昼の白いうみに　容赦なくのみこまれる
うみは　たおやかに　陽気に　沈黙したまま
貧しく　かわいていた　七十年代

「あめゆじゆとてちてけんじや」
心平の声は　遠くの海鳴りのように
繰り返し　繰り返し　届く
「一行の詩のため」と叫んだ男の背中は小さく震え
誰もが心平の声に心を浸し　泣いているようだった

（心平の死）朝刊の小さな記事
ふと心平の声はよみがえる
あれから　時代は老いて　もっと荒れ果て
うみは文明の汚れを堆積しながら
人々の祈りに　応えようと　あがいている

憲法に憧《あこが》る

２０１７年　寒満月　母の忌
仰ぎみる宙に　銀河はかすみ　一筋の水脈の光あわく
母はようやく銀河にたどりつけたようだ
１９４７年　戦争の痛みを新しい命にかえ
「産褥室は雪あかりでまぶしかった」と母のほこり
大雪に潤うこの大地を歩み始めた　新憲法
【恒久平和　命の尊厳】　高らか歌い上げた憲法精神
そして70年　かの大陸の新大統領は
「憲法を　保ち　保護し　守る」と遵守の宣い
聖書に置かれた大きな手　　しかし　その指先は
平和ではなく　国益　権力欲　核の上をさまよい

この魔性に跪く日本の為政者
大切な安保と原発　犠牲になったあまたの命への
ヒトたる愛や想像力　抒情の言葉は失せ
恫喝のような声は　心に決して届かない
権力に阿《おもね》るままの憲法解釈　勇み足の改憲
気が付けば　戦いの兆しも

哀しみの命のたゆとう銀河よ
　悠久の歴史にはいくつもの鋭いクレバス
　緑なす台地には惨禍　海に埋もれた哀しみ
　河からの鳥瞰図は　戦いの傷痕ばかり
それでも平和への人々の熱い思いは
命を守るたゆみない営みは　繰り返され
廻りくる季節は　緩やかににうつろう
今　閉塞された　この時代に
【平和と命】を脅かすものには　抵抗する
憲法に憧る　憲法は一人ひとりが守ると言う意思
共感する意思を持ち続ける
時に　かがやく銀河に思いを馳せ
命の証しの　抗いの文字を刻み続ける

影

中西 衛

寝覚める寸前
眼をこすりながら
なにかを摑んでいる
と確信するが
気付くといつのまにか
掌からするりと逃げている
よたよたの
蚊　蠅のたぐいから
赤提灯での酒の酔い
競馬場の歓喜の状況まで

いまは気配だけが
眼の前を過ぎ去っていったような気がする
背後をすりぬけていったもの
追うても
追うても

消えてしまう
集落　山　海
墓標
いやそれら背信がごときもの

影よ
おまえら
なにを捉えているのかと問うても
なにも答えない
さらさらと
宙に舞う風の音だけが
聞こえる

情炎

めらめらと舞い上がる炎

飛び散る火の粉
飛び来る蛾なく
乱舞する銀粉
燃え散る緋のこころも焼けただれ
暗闇からあふれでる
白煙　白塔立ち
人柱立ち尽くす

人形《ひとがた》かぎりなく
天をこがし
舞い散る銀粉惜しげなく
燃え尽き
祈り重なり
乱舞する蛾　散りに散り
真白なる顔まさに消え

直立する人柱のうえ
折り重なり

哀婉ひとしく
散り果て　面影うすく
上空の西風にのり
高く　遠く
舞いあがり
地の果てへ
妖艶の色彩もて

あたたかな肌色　面影
ふたたび
どこかで甦れ
しばしばその炎を心にとどめ

流氷の海
――知床にて――

矢野 俊彦

知床の海を
埋め尽くす流氷
モンゴル高原の
星の一滴が
大河に注ぎ
結実し
漂流し
漂泊し
漂白された蒼氷

満蒙開拓青少年義勇軍を志願した
少年が漂流した国境の大河
時に民兵群に加わり食い繋ぎ
中国軍に投降して生命を保ち
八路軍で訓練を受け
生命を繋ぎ帰国した

少年は己の辿った運命を
「風の民兵」として
綴りたかったのだが
果たせぬまま齢を重ね
都営住宅で果てた

彼の濁声が歳月の中で漂白される
流氷の開けた蒼い一画
かもめが群れている
濁声の泣き声が響く

長城・八達嶺

遥かユーラシアの
砂漠へと連なる長城
八達嶺に登り
岩を穿った工人を思う
石を積んだ石工を
泥を運んだ賦役の下人を思う
城砦を巡る国を離れた警備兵を
望楼に立つ監視兵を思う

東国の小さな島国からやってきて
観望台に立つ男に過ぎないが
長城の築かれた時代に
この国に生れていたら
男は工人であり
石工であり
賦役の下人に
ならなかったとはいえない
下知する監督官や

指揮する官吏や
ましてや将軍や
王を支える大臣であるはずがない

苦役に倒れた工人
飢えて果てた石工
乾きに息絶えた下人に
己を重ねてしまう男

天に連なる長城は
防壁というより
おのが国境を誇示する
皇帝の意志の果てしなさに思えた
工人達の汗と血と
累々たる骨の堆積に見えた

越中おわら風の盆

山里の町に胡弓の音が響き
手踊りの列が
絵灯籠の
灯のもとを過ぎて行く
編み笠を目深に被った
娘たちの布を織る

仕草のたおやかさ
農作業の所作を織り込んだ
男踊りの逞しさ

男と女の
出会いの色香を滲ませて
日々の労働と生産と
豊作の祈念
豊穣への感謝
収穫の喜びを歌う
歌声の誇らしさ
お国自慢を織り込み
亡き人の魂を蘇らせ
昇華させ祖霊を敬う
ゆかしい祭り

胡弓と三味線の調べに
鉦と太鼓を合わせ
呼吸を整え
手振りを揃え
足ぶりを連ね
優雅に宵の路を行く
越中おわら風の盆

暮らしが生んだ労働歌
暮らしが育てた感謝祭

慈悲

美濃 吉昭

晴天の二月
中宮寺
残雪に返る淡い光が
堂内に満ちていた
漆黒の木造菩薩半跏像に対面する
千三百年前に　そっと舐めた唇が光り
むすばれた口元には
うっすらと微笑みが……
しかし
伏した半眼は思いに沈む
頭上の丸い双髻《そうけい》は可憐な冠
うなじは太く　肉付きのよい肩
そして
膝を組む足が
意外や！
大きめで頑丈なのだ

この娘は村の出か？
渡来した仏師が若く美しい母に
想いをはせ彫ったにちがいない
はるか魏を発ち新羅を経て飛鳥に
その　仏心への修行をかさね続けている
そのままの　思案のお姿
いま　何千何万の人々が入れ替わり立ち替わり
その　お顔を覗き見とれ、行く
いや　何億人もの人々が覗き　見とれ考える
その　美しい　おだやかな　謎の微笑みについて……
千三百年もの間
さまざまな人の世　人の思いを
受け止めて……
なぜ　わかってくれないのでしょう
と　彼女は思案している

旅のお札

空港のカフェでもらった御釣りにはびっくりした
薄汚れた皺だらけのお札《サツ》だ
涙と鼻水でくしゃくしゃになったガキ大将のような
ああ……どうしたものか
捨て子にするわけには……

下町の宿を出て
約束した夕食までのひと時を散歩
街角にコンビニを見つける
「そうだ、あの子は　この店で引き取ってもらおう」
タバコを買って　ガキ大将と別れる

「さらば、元気でな！」

ところがだ、御釣りがあった
また、薄汚れた幼い女の子
の、泣き虫のお札が、二枚帰ってきた
ああ……かんべんしてくれ！

お寺の白塔　黒塔が町自慢の建築なので
昇ろうとすると
入口に御婆さんが椅子に座って番をしている
観覧料1.5円と言う
泣き虫の２円を渡す
おばばは「ニタリ」
と笑い、御釣りが0.5円
また、くしゃくしゃのお札《サツ》
こんどは赤子と、きた

ああ……今日は
こういう日なのかもしれない
0.5円は　もう使うチャンスは無かった
この子は　ついに一緒に空を飛び
日本への旅をする

いまは、我が家の引き出しの中
白い清潔な
封筒の中で
しずかに眠っている

修学旅行に行けないとは

洲史

お金が払えないから　修学旅行に行けないとは
それは
活動グループをどうするかの話し合いに
参加できないということ
グループ活動でどこを見学するか話し合う授業の時
掃除ロッカーを蹴飛ばすとか
事務室あたりをうろついて
たわいもない話をするとかして過ごすということ
事前に学ぶ歴史や平和などの学習に
身が入らないということ
修学旅行の三日間は
学びから除外されるということ

お金が払えないから　修学旅行に行けないとは
それは
修学旅行が終わった後の地理や風土の学習
感想作文に取り組めないということ
同級生と話す時
突然欠落した部分があることに気づかされること
卒業アルバムの修学旅行のページに
一枚の写真もないということ
卒業式の呼びかけで
友だちが「楽しかった修学旅行」と言う時
ただ　立ちつくすしかないということ

お金が払えないから　修学旅行に行けないと
学校に働くあなたが当たり前のように言う時
あなたは何を投げ捨てたのか
それさえも気づかないということ

お金が払えないから　修学旅行に行けないと
学校に働くあなたが憤りを込めて言う時
あなたが次になすべきことは

何か

小鳥の羽ばたき

横浜に雪が降りしきる
風が雪を舞わせる
小鳥がいつも餌を啄《ついば》んでいた草原は
四十センチ以上の雪だ

ふと見ると小鳥の羽ばたき
わずかに土が見える崖のふち
草の茎を引き出そうとしている

小鳥は羽ばたき
風と雪に流されながら
崖のふちへ向かう
何度も何度も　あきらめることなく

碑《いしぶみ》

山深い十七軒の集落
神社に登る石段のかたわらの
碑《いしぶみ》には
五名の戦死者と
十五名の出征者の氏名が
階級とともに刻まれている

戦死者のなかには私の伯父さん
出征者のなかには私のおじいさん
キノコの見分け方を教えてくれた
片足が不自由な隣のおっとう　など

この先
新しい碑をつくらせてはならない
子や孫や甥の名を刻ませてはならない
碑に新たな人の名を刻ませてはならない

疑惑

吉村 悟一

何もない
何もない
何もないようで何かある

何かある
何かある
何かあるようで何もない

何かが手品を使い分け
何かが安堵の息を吐き
何かは何かのまま残る

顔

おまえ達の任務がふえた
これから「二つの顔」を使い分けろ

一つはわが国の被災者を「救助する顔」
もう一つは武器をもって海外へ出兵する
PKOの『駆けつけ警護』の顔」

「苦渋の顔」
「困惑の顔」

「二つの顔」の話　父や母や妻に話したら
どんな顔をして　何と言うか

生きて帰ったとき
「PTSD*の顔」
手や足を失くし
「不自由になった顔」
当たり前の
「いつもの元気な顔」

*心的外傷後ストレス障害

内心

テーブルの上に
原稿用紙を広げた
鉛筆で「共謀罪」
と表題を書いた
そしてオレは固まった

マス目は一文字も埋まらない
どう書き始めたらいいかわからない
詩の切り口が見つからない
脇にある新聞を開いて
文字を拾い読みした
新聞記事は
詩になって歩いてこない

頭を抱え
三〇分が経った
「共謀罪」を頭でこねくり回しただけ
オレは体ごとぶつかってない
わかったのはそれだけ

それならばと
「共謀罪」に体当たりした
跳ね飛ばされて気がついた
オレの頭が眠っていた
目を覚まさねば駄目だとこんどは
「共謀罪」の中に飛び込んだ

オレが目を覚ました
凄味を利かした「共謀罪」が
そこに立っていた
オマエは「計画・合意」
「準備作業」をやったと
オレの「内心」を引きずり出し
これは「共謀罪」だ
オレの自由をぎりぎり縛って
令状なし
問答無用
あたりには監視カメラ
盗聴器
「共謀罪」があちこちで
威張っていた

旅人

岸本 嘉名男

遠く遠く
陰惨な道が続いた
人だけが知る孤独な道だ
ふと子供の声がした
ふりむくと
こぶしの花が咲きこぼれ
小鳥がこずえでさえずって
蝶が宙に舞っているではないか
懐かしい少年の頃
友と遊んだふる里の
栗毬《いが》の痛さが今にうずき
勇気が出た
また進む
暗い気持は和らいで
木漏れ日のやわらかな林道を
足早に急ぐ旅人の
姿がもう一つ
先に見えた

我を見つめつつ

六十歳、さらに六十五歳の定年を無事終え
希望して再雇用二年延長の後ついに退職
今度は六十七歳半ばからアルバイト
近くの幼稚園・校門前に立った

平日の朝八時に家を出て
正式には九時から二時間半、三時間半と
十月からは水曜のみ二時間半、あとは四時間と
曜日等による三種類の勤務形態で
報酬は従前と雲泥の差となるが
時間給の世界に埋没してみた
戸外で規則正しい生活律を
執れるのが嬉しいからだ

研修を受けて

五月中旬よりスタートしたが

（中略）

この吹田・南山田の坂は寒いと聞いていたが
じっと立ったり座ったりではとても寒く
落ち葉拾いは私の格好の運動となった
いわば修行する凡骨への天恵とでも
寒ければつい愚痴っぽくなる魂も
太陽が幾日救いの手を差し延べてくれたか
晴れの日など人の笑顔が往来し
烏《からす》や小鳥の鳴き声も楽しげに
椿やバラまでもが浮き立つ
また毎週四人ずつ交替の
小学児童の掃除当番が
丘をはしゃぎくだり
喜んで手伝ってくれたのが何より嬉しい
かく自然の中で喜怒哀楽ともども
人生の諸相に思いを馳せては又うたう

＊陽が射せば　楽園となる　坂道も
　陰《かげ》れば氷室　魔に早変わり
＊にんまりと　太陽が出て　ありがたや
　落ち葉も止まり　風情《ふぜい》の坂に
＊真っ青な　空に向かって　叫ばんか
　「我ここにあり　今を生き抜かん」

正月休みが明けて仕事再開
ほんのしばらくは落ち葉とてなく
代わりに小雪の舞い飛ぶ日があった
豪雪地帯の苦悩をよそに大阪ではまさに珍事

＊驚嘆の　子等初めての　雪だるま
　懐に抱き　持ち帰る児も

幸せなことに事件らしきこと何一つなく
風邪とてひかずに春を待ち侘《わ》び
そしてついに春が来た

＊寒戻り　春に小雪が　舞うときに
　落ち葉拾いの　われ絵になるや

教師の榾火《ほだび》

――授業は煉獄――

青木 善保

上信越の黎明の峰峯に黙想する
戦後六十余年
文化・民主国家目標に
六・三・三制教育がはじまる
国民的な覇気
昭和二十八年　初めて教壇に立つ
貧しいが　生命のぶつかりあう
授業は　天国のように明るい
しかし今　長生きを悔む　断崖に立つ

歓声のあふれる学校
学級づくりの学友感情の中
子ども一人ひとりが切実な学習問題を
追究し話し合いを展開する単元学習が拡がる
授業に内在する生き生きした個の成長を
知識技術・教師と子どもの関係を徹底分析する
そこから教育哲学は生まれた

『人間形成の論理』『ずれによる創造』『絶対からの自由』……
新しい哲学の予感　西田哲学の新系譜か
授業に展開する本音の葛藤　いきざまのドラマ
教師の生きがい　生業《いきわざ》を授ける授業の醍醐味
旺盛な教育実践理論創出

高度成長が教育の組織優先・効率優先を顕在化し
やる気・生きがいを失う　大量の信州教師を生み出す
経験主義的授業と系統主義的授業の
統一を果たせない　授業職人の悔しさ　ひ弱さ
1時間を越えて子どもの成長をみる
カリキュラム的視野の萌芽
信州の教育社会が　視野狭窄の暗い季節
上田薫教育哲学は信州を後にする

砂漠のような学力テスト中心の学校に
マイケル・サンデル教授の講義が映る
その授業は　ソクラテスの産婆術をみるようだ
身近な問題から対立する意見をもとに
学生の生身のことばが　何が正義か論じあう

予想に反する意見にも　激情する意見にも
　にこやかに討論の論題へ舵をきる

夕映えの北アルプスの山脈に想う
川合訓導事件……　もの言わぬ従順な教育界なのか
新教育の理想を失い　良心の牙を抜かれ
時流に流され　苦言は胸に納め
時の政策にゆるがない　教師の矜恃がみえない
花のある校舎の片隅の教室に
丹念に子どもの心を感じ取り
授業を構築する教師は　孤立し絶望する
集団で同じ事をする　安心感が充満し
致命的な怠慢・不注意が横行する　学校を怒る
教師が精魂尽くす授業の　防波堤となるべき
学校・行政・教育団体の　責任は量りしれない
信州教育は　遠い過去のものではない
厳粛な人間形成をめざす授業に
生命をかける教師を　生命がけでまもり　そだてる
信州マグマが　喫緊なのだ
凝視する
地球を託する　信州の子どもたちは

密室で　地獄の授業を強いられている

風と山人

風は天の頂より
大気圏をぬけて
高山の渓谷　尾根道を
いくつも超えて
山人に会いにくる
……
……
山人は　うなずいてつぶやく
大気が　変わる
海が　変わる
山が　動く
人が　動く
風は　しずかに
天の頂へ帰っていく

丘の木

佐相 憲一

丘にのぼって深呼吸をすれば
〈いま〉の成分が熟している

いまの中のちょっとまえ
いまの中のすぐあと
いまの中のずっとまえ
いまの中のだいぶさき
いまの中のまさにいま

流れは樹液となって枝分かれして
どの枝にも葉が息づいて
どの枝ともつながる幹は
ほほえんでいるようで
かなしんでいるようで

見渡せば世界

たとえばここからは
図書館、駅、お寺、商店街、大学、向こうの丘
たとえばあそこからは
港、団地、病院、工場、倉庫、塔、ホテル、
橋、向こうの埠頭
たとえばあそこからは
密集家屋、公園、病院、川、煙突、向こうの丘、
遠くの山々
たとえばあそこからは
住宅街、小山、森、道路、向こうのまち
そのすべてに
あの時、その時、この時、これから

〈丘がたくさんあるのね〉
愛するひとがほほえむ

そうなんだ
丘なんだ
生きるってことは

記憶と願い
現実と夢
経験と知識
感覚と理性
他者と自分
外側と内側

丘から見えるそうしたものが
海風でこちらに流れてきて
丘の上の
〈いま〉という木にしみこんでいる

虫が寄ってきて
鳥が降りてきて

〈どうぞこの人生に
　集まってください〉

何かが実る

〈またこの丘に来たいな〉

そうだね

〈いま〉はどの辺りなのだろう

世界が全身を震わせる
新しい時間を求めて
地球のすべての丘で
木が青空へ手を伸ばしている

選んだ思い／略歴（50音順）

「教師の梢火」「風と山人」

詩「教師の梢火」は、詩「後の祭り」とつながっている。詩「後の祭り」は、戦争後の潜在的教育思想の対立を背景に起ったS教育研究所長の不本意退任事件（一九九〇年代）の象徴的な意味を含んでいます。

詩「教師の梢火」は、長野県の『個を育てる教育』の哲学が衰退する時期、無念の教育現実を表白する。

教師の緊迫は子どもに即した教材選び・学習過程選びにある。子ども自身は生きる可能性にいかに挑戦苦闘し、自己脱皮できるか。授業は、学級の学友感情を創り出し、教師が柔軟な授業場面を創造するかは、諸刃の剣にある。K先生は、「俺は教師になれない。教育職人でいい。」という。楽しそうに授業場面を語る。子どもの思いがけない発言、その発言を後押しした目立たないBさん。ほっとけないBさんが行動を起こした。授業の中に見えない固有の行為・ドラマがあると、観ている。私も、働きながら学ぶ講座をあずかっている。教育職人を貫きたい。

「抒情性がない。思想・社会性が強すぎる」の批評がある詩だが、私が生涯をかけた教育活動＝授業に顕在化した哲学・生き方と詩は切り離すことはできない。

青木 善保（p.128）

青木 善保（あおき よしやす）
長野県木曽郡木曽町に生まれる（1931・1・1）
1953より長野県下の小・中（1991まで）、高校・教育研究所・短大・専門学校等勤務

◇所属団体
長野県詩人協会　日本現代詩人会
詩誌「樹氷」　詩誌「潮流詩派」

◇出版詩集等
詩集『風の季節』『天上の風』『風のレクイエム』『風のふるさと』『風の沈黙』（私家版）
『コールサック詩文庫17　青木善保詩選集一四〇篇』（コールサック社）
評論集『良寛さんのひとり遊び』文芸社

◇寄稿詩誌
「詩と思想」「コールサック」

◇寄稿詩集
『生きぬくための詩68人集』（コールサック社）
『詩と思想・詩人集』2014～17（土曜美術社出版販売）
『少年少女に希望を届ける詩集』（コールサック社）
『非戦を貫く三〇〇人詩集』（コールサック社）
『日本国憲法の理念を語り継ぐ詩歌集』（コールサック社）

「目の容積」「一本の草」

「目の容積」は一〇四の職場で働いていた時の作品です。一九九〇年労働者文学賞を頂きました。

画面を見ながらの労働が人間の体に与える悪影響はとても大きいと思います。

「一本の草」は癌と闘い、懸命に良くなろうとしながらも、抗がん剤で食べれなくなり、みるみる痩せて行く夫を見守りながら、こんな草になれないものかとの思いを書きました。

「風になった子」は女ばかり二千人も働いている電話局の職場でしたので、早産や流産、死産などがありました。六日に一度、宿直勤務がある六輪番という勤務体制は過酷でした。通勤の途中、駅のトイレで流産した人もあり、ロッカーで早産した人のことは、口止めされても、いつか話が広がって行きました。女性が健康を守りながら働き続けることは並大抵ではありませんでしたが、女たちは明るく、口も八丁手も八丁で頑張っていました。そのうち妊婦は日勤専門の課にしてもらえるようになりましたが、手の使い過ぎによる頸腕症候群が増え、午前と午後の体操時間も勝ちとった思い出があります。

赤木 比佐江（p.36）

赤木 比佐江（あかぎ　ひさえ）

一九四三年埼玉県生まれ。

詩人会議、日本詩人クラブ会員、福井詩人懇話会、福井詩人会議「水脈」会員。電通文芸同好会「窓」代表。「炎樹」同人。

詩集『花をつなぐ』『春を迎えに』『手を洗う』『一枚の葉』。

歌曲集「風のオルガン」。

「沖縄のバスガイド」

一九八六年七月沖縄を初めて訪ねたツアーで、ガイドになりたての若い女性の沖縄を愛する気持ちがひしひしと胸に迫ったこと。また二〇〇一年五月に訪ねた時は、壕の入り口も朽ち果て、訪ねる人もいなくなったようで、十五年の歳月を振り返り、これでよいのかとの思いにかられた。日本の領土として沖縄を考えるとき、日本人はもっと自分たちの問題として考えるべきだと思うのだが。

「やさしい言葉」

アメリカ在住二十数年になる娘も、何回となく日本語は優しいといわれたことがあるそうだ。小学生に英語を教えるのもそれ自体悪いとは思わないが、やり方が問題である。全てネイティブの先生にして欲しいものだ。また情緒のある日本語を私たち日本人はもっと大切にして、小学生に英語を教える前に、日本語の良さを教え、やたらにカタカナ語を取り入れるべきでないとの思いである。

阿形 蓉子（p.104）

阿形 蓉子（あがた　ようこ）

一九三五年　宮城県仙台市に生まれる
　五歳より大阪府在住
文芸すいた会員
関西詩人協会会員
著書
　紀行文集『ブリテン島めぐり』（一九八六年）
　詩集『旅のスケッチ』（二〇〇五年）
　　（第六回・現代詩平和賞・同人賞）
　詩集『つれづれなるままに』（二〇一五年）
編著
　阿形　いづみ（娘）書簡集『アメリカ留学便り』
　　（一九九七年）
　西山　浩之（兄）評論集『近代宗教論序説』
　　（二〇〇八年）

「朝」「不知火の海」「子守」

冒頭の詩「朝」は、大きい兄さんの死後、自分の生き方を見出せずもがき模索する私が一歩を踏み出した詩です。アルコール依存症の兄。兄の家庭内暴力に怯える家族の確執。酒への依存にもがき苦しむ兄と「生きるとは」と迷い苦しむ私を重ね書いた詩たちが詩集『歩道橋』として産声を上げた、再出発の門出の一篇です。

詩「不知火の海」は、一九八七年の夏、初めて水俣病現地調査に参加し、東光山展望台の眼下に拡がる不知火の海と対峙した時、私の口から突いて出た言葉たちを書き留めた詩です。自然の美しさを破壊し、命を冒涜する人間のおごりに強い怒りが沸き起こった一瞬。社会に目が向いたターニングポイントとなる詩です。

「子守」の詩は、東京大空襲で孤児になった方々のお話しをお聞きしながら伝えなければとの思いに駆られ、初めてメッセージとしての詩作と向き合った詩です。死と隣り合わせ崖っぷちの人間に、大人も子供もないと理解し、生きるに大切なのは、信念を宿せる資質と感受性であることを学ばされた瞬間でした。

浅見 洋子（p.108）

浅見 洋子（あさみ　ようこ）

一九四九年生まれ。和洋女子大学卒。
著書
詩集『歩道橋』（けやき書房）
詩集『交差点』（けやき書房）
詩集『隅田川の堤』（けやき書房）
詩画集『母さんの海』（世論時報社）
詩集『マサヒロ兄さん』（けやき書房）
詩集『もぎ取られた青春』（花伝社）
詩集『水俣のこころ』（花伝社）
詩集『独りぽっちの人生《せいかつ》』（コールサック社）
コールサック社出版『大空襲三一〇人詩集』・『鎮魂詩四〇四人集』・『命が危ない311人詩集』・『日本国憲法を語り継ぐ詩歌集』・『少年少女に希望を届ける詩集』・『生きぬくための詩68人集』他に参加。
現在、全国空襲被害者連絡協議会・学校安全全国ネットワークにて活動。

「宝石」「名古屋鉄道」
今の病んだ社会に夢を与えて元気にするために決めました。自分は病気（精神的）だから、この詩を読むと、自作ながら夢にあふれて元気が出るため。

あたるしましょうご中島省吾（p.58）

あたるしましょうご中島省吾
（あたるしましょうごなかしましょうご）

１９８１年３月16日生まれ。大阪府泉南市出身。18歳までキリスト教系の児童養護施設で育つ。宗教系４年制大学中退。関西ジャニーズJr.の中嶋慶介がいとこだった縁で、中嶋を通じて１９９８年にジャニーズのレッスンに短期間参加。中嶋と共に「ＭＡＩＫＯ＆お国」のサポートメンバーとして、舞台『ＫＹＯＴＯ ＫＹＯ』にも出演した。ジャニーズ退社後は、２００３年夏まで地方のスーパーマーケット「平和堂」のチラシ広告モデルとして活動。また、詩人としても活動を開始し、１９９９年に雑誌『ＰＨＰ』（１９９９年10・11月号）の「詩人・青木はるみ選」にて、詩作品「いのち」が佳作となる。２００３年２月には詩作品「Ｉ ＬＯＶＥ ＹＯＵの景色」が、愛知出版主催「即興詩人大賞」にて３３２名の応募者の中から月間大賞に選ばれ、後に『即興詩人２』（愛知出版）に収巻された。その後、『本当にあった児童施設恋愛』、『もっともっと幼児に恋してください～幼年児の君と未来を生きたい～』の出版を経て、ペンネームの読み方を「あたるしましょうご」に変更した。関西詩人協会所属。

「ヒロシマの鳩」「変化」「さかだち」

選んだ思い

①一九六五年ごろ、広島で。

②一九七〇年ごろ、関西フォークのなかで。

③一九六三年ごろ、創作わらべうた。

有馬 敲（p.16）

有馬 敲（ありま　たかし）

一九三一年、京都府生まれ。

詩集『紙の森』、小説『京の森の物語』、評論『現代生活語詩考』ほか。

「ふるさとの水」

以前サトウハチロー記念館の「おかあさんの詩」全国コンクールで大人でも応募ができた頃、応募した詩である。残念ながら落選したが、「水」と「母」を重ねて作った詩であった。始めは、そのまま読んでいただき、もう一度「水」という字を「母」に置き換えて読んでいただくといった、二度読んでいただきたい思いで作った詩である。

「願」

会社からの帰り道、東の空に月が浮んでいた。丸い白っぽい月だった。その月の下には岩手で有名な神社。その神社に一円玉を浮べるところがあり、その事に思いをめぐらせて書いた詩である。

お世話になった方が、少年刑務所で講師をしていらした頃、この詩を使用したいとお話をいただいた。誰かの役に立つかもしれないと思った詩である。

「箸の願い」

天ぷらが揚がったことを、手で触っているわけでもないのに、どうしてわかるのだろうと、ふっと思った。その出来事をそのまま書いた詩である。あまり悩まず想像したまま書いた。何度も手を加えず思ったまま

伊藤 恵理美（p.70）

いっきに書けた詩である。

思いがけず平成二十九年の岩手芸術祭で芸術祭賞をいただけた記念の詩となった。

伊藤 恵理美（いとう　えりみ）

一九六四年岩手県宮古市生まれ

所　属　「野火の会」「堅香子の会」を経て「土曜の会」
岩手県詩人クラブ
日本詩人クラブ

詩　集　『夜の空に残った雲』『夕やけはたき火だ』
『風と雲と星』『白いはと』（私家版）
『願いの玉』（あざみ書房）

その他　岩手県芸術祭奨励賞（第63回、第65回）
岩手県芸術祭賞（第70回）
宮静枝新人賞（二〇一一年）

「レイルーナ」「短詩」

二作品共に、私の第二詩集に載っているものである。「レイルーナ」は、持病のメンタル面で、かなり不安定な時期に書いたものだか、母への愛も込められている私にとってとても貴重な作品だ。私の過去の体験で、母は私の命を救ってくれた。もちろん、多くの方々のお陰もあるが、実際に共に暮らして一緒に苦しみ、そして私が心の平安を持てるよう祈り続けてくれたのは、母だった。そのことを感じながらも、私はなかなかそこへたどり着くことが出来なかった。その想いが私にこの作品を書かせたのだと感じている。私は、母にきちんと恩返しがしたかったし、共に幸せに暮らしたかったのだ。最終連にある、「足の指がまたはえたら／あなたと歩きたい」とはまさにそのことだろう。

次の「短詩」は、当時のまだ若い自分が、友人の裏切りや、他者からの心無い言葉に敏感に反応していた時のものだ。こうした時期を経て、多少は強くなったと思える今、この作品は貴重だと思えた。私は、この時期に作った手彫りのペンダントをまだ身につけながら、生きているのだから……。

井上 摩耶（p.56）

井上 摩耶（いのうえ まや）

一九七六年、シリア系フランス人の母と日本人の父の間に横浜で生まれる。日本、フランス、アメリカで生活経験。アイデンティティに悩みながら、一六歳で単身渡米。舞台美術などを学ぶ。インターネット上や文芸誌「コールサック」に詩を発表。

既刊著書

詩集

『Look at me ―たとえばな詩―』

『レイルーナ―はかない愛のたとえばな詩―』

『闇の炎』

『鼓動』

詩画集

井上摩耶×神月ＲＯＩ

『Particulier ～国境の先へ～』

「待ち時間」「秋の空気　その二」

私の代表作として、「待ち時間」と「秋の空気　その二」を選びました。もちろん、真の意味での代表作たり得ているかと問われれば、胸を張って、そうだとは言い切れません。そもそも「代表作」と呼べるような作品を私はまだ書けずにいるのではないかという気がします。ですから、選んだ理由といいましても、独断、独りよがりにすぎないのですね。「待ち時間」は二〇一〇年に書きました。ありがたくも、第22回伊東静雄賞佳作に入れていただきました。「秋の空気　その二」は二〇〇五年に書きました。合評会において、めずらしくも、クレームがありませんでした。

井上 裕介（p.62）

井上 裕介（いのうえ　ゆうすけ）

一九五九年、鳥取県米子市に生まれる。高校生のころから詩に興味を持っていたが、本格的に書き始めたのは三十二才のとき。詩誌「山陰詩人」同人。詩集未刊。

「初恋の憲法」

三年前中学校の同窓会に行くと86才の社会科の先生に会えた。「先生のこと。これ」といって詩集『憲法』をわたした。次の年先生は腹話術のお人形をもってきて生徒にもどった私たちのまえで演じてくれた。87才のいっしょうけんめいの発声だった。今年の同窓会で訃報をきいた。お人形でよろこばせて私の初恋に応えてくれた先生の憲法は尚のことといとしいものとなった。

「階段あるいは段階」

病院内学級で働いていた私は花を商う人といっしょになったので慣れない花屋として働いた。やがて花屋はつぶれたので試験を受けなおして教職にもどった。組合、非組、いろいろいる職場で自分の立ち位置を決めていこうとあれこれ努めた試行錯誤を、作品を読んで思いだした。その思考は現代を生きる姿勢の基にもなるもので、詩で思考できたことが今更にうれしい。

小田切 敬子 （p.112）

小田切 敬子（おだぎり けいこ）

もう五十年近い昔、はじめて出した詩集『海とオルゴール』の跋で金子光晴は書いてくれた。「人の性向とその作品との関係がこれほどずばりと一つにみえる例も少ないかもしれない」このたび、詩選集『私の代表作』に参加するに際し自分の詩集を読みかえしてみたら「その時何を恐れ、何に迫られ、とんな生活をしていたのか」がずばりとわかり、創ったり装ったりする術を身につけずに、宿題の作文を書く小学生のままに詩にむかいあってきた自分がみえた。例えば一九八六年「ナイチンゲールの歌」では子育ての最中。核兵器や化学物質の汚染の恐怖が母乳や血液となってわが身そのものであった。巨視的にみて人類のレベルが絶望的なものであったとしても、自分の人生に目を転じてみれば、放射能汚染の、武器蔓延の、今日のゆきがかりの風景をよくみておこうという好奇の気分は別にあり、携帯もスマホも手にしない私でも詩がかわってチョコッとメモってくれるのだ。たとえ詩は無力ではないかと時におちこもうともアラゴンの詩は抵抗の力だったし伊東柱の詩は世界に生命をもたらせているのだからせめて私も詩で自分だけでも支えて進んでいこう。

「難民の瞳」「波の粒」「川の流れ」

わたしに取って代表作というと、「桃太郎現代詩考」「内面航海」等の長編になり、若い頃の野心作そのものですが、今回は企画の行数に入りません。一方感情に赴くままに書き上げた作品もあり、一般的に詩と思われる作品です。短い詩、三編を選びました。

「難民の瞳」は詩集『悪と毒薬』からで、三十歳前後のもの。ヴェトナム戦争における住民たちの災難、避難を、わたし自身の北朝鮮脱出の体験に重ね合わせたものです。当時の反戦デモに、わたしも数回参加している。「波の粒」は詩集『空と筏』からで、書いたのは三十歳代の後半、時代の激しい、学生たちを中心にした闘争の姿をイメージしたものです。「川の流れ」も『空と筏』から。二十年間過した東京を去って、故郷に帰った時の心象。いち時期精神悪化に悩まされ、意識、生活共ども敗残の身であった。書いたのは、四十歳代前半である。

梶原 禮之 (p.22)

梶原 禮之（かじはら　のりゆき）

一九三九年四月北朝鮮興南生まれ、敗戦で四六年春脱出。新潟市に住む。六〇年四月、法政大学（社会学部）に入学。当時は日米安保条約反対運動激しく、毎日学校からデモが出発、一度参加。詩を書き始めたのはこの頃、六二年秋には現代詩の会の「詩の教室」に入会、若手現代詩人たちを知る。六三年仲間と詩誌「運河」出す。六八年十二月『すさんだ世界の子ら、ぼくの貧民窟』出版。六九年十一月「季刊評論」創刊参加。七四年詩誌「巨眼」創刊同人。七五年十一月詩集『悪と毒薬』出版。七七年四月詩誌「プラタナス」創刊同人。八〇年四月詩誌「舟」一九号から参加。八一年五月新潟市に帰省。八二年県現代詩人会に参加。八七年十月「安吾の会」発足、参加。九三年一月詩集『桃太郎現代詩考』出版。九五年十二月詩集『空と筏』出版。二〇〇六年九月詩集『わたしは生まれ変わりたくない』出版。二〇一一年九月『新・日本現代詩文庫90』（土曜美術社出版販売）出版。

《かいじゅう》について

物心ついた頃から、何故か怪獣が大好きで、字は怪獣図鑑で覚えた（だからカタカナから覚えた）。それから40年以上経つが、いまだに怪獣が大好きだ。なんでそんなに怪獣に魅かれるのか、自分でもずっと不思議に思っていた。強さやカッコ良さへの憧れだろうか？ 自分の暴力欲求を仮託しているのだろうか？

一度ちゃんと怪獣への思いを詩に書いておきたいと思って、「四丁目の角に怪獣が立っていた」という詩を書くことにした。自分が一番愛している怪獣の姿を描こうと思った。そしたら、強くもカッコ良くもなくて、図体はデカいが気は小さくて、ちょっとマヌケで、頼りなくて、はた迷惑な、ひとりぼっちの、もの哀しい奴になった。でも、そいつはまさに僕が愛する《怪獣》そのものだった。で、僕はそいつが鏡に映した僕自身の姿であることに気づいた。〈そうか、怪獣は俺自身だったんだ〉という思いから「着ぐるみ」という詩が生まれた。そして、「怪獣」という漢字は、僕の《怪獣》には、ちょっとイカメシ過ぎるな、と思ったので、ひらがなで《かいじゅう》と書くことにした。

勝嶋 啓太（p.72）

勝嶋 啓太（かつしま　けいた）

1971年8月3日、東京都杉並区高円寺生まれ。日本大学芸術学部映画学科卒業。映画撮影者として自主映画を中心に数多くの映像作品に関わり、また劇作家として舞台作品の台本も多数手がりる。

詩人としては現在、詩誌「潮流詩派」「コールサック」「腹の虫」を中心に作品を発表。

2012年に第1詩集『カツシマの《シマ》はやまへんにとりの《嶋》です』（潮流出版社）、2014年に第2詩集『来々軒はどこですか？』（潮流出版社）2015年に第3詩集『異界だったり 現実だったり』（原詩夏至さんと共著、コールサック社）、2017年に第4詩集『今夜はいつもより星が多いみたいだ』（コールサック社）（第46回壺井繁治賞）を刊行。

「比喩」と「虚実」の間で

詩「雲間」（『角』第45号掲載）の末尾で、「浮かぬお顔をされている」神の心境について書いた。核戦争の危機が迫っているのを、嘆き悲しんでいる神に託して歌ったものである。新作「鳴き砂」では、鬼も夜叉も悪魔さえもこんなはずじゃなかったとメルトスルーした原発の前で嘆き蹲る。いずれ、このままだと二つの核によって人類滅亡は必定。「コブシメの比喩」の末尾で神と人間の関係性を問うたのも、もっぱら詩作の関心は詩語の深度と高度を求めているからに他ならない。文学の核心と本懐は薄い一皮の「虚実の皮膜」にあり。いよいよ混迷を深める現代詩の病根は複雑な暗喩にありとして、故・岡崎純は「対比を超える」ことを詩作の根拠とした。比喩がもたらす異化性を超えるためにはなにをなすべきか。終活期の課題である。

金田 久璋（p.50）

金田 久璋（かねだ　ひさあき）

1943年（昭和18年）福井県三方郡美浜町佐田に生まれる。民俗学者の谷川健一に師事し民俗学を学ぶ。国立歴史民俗博物館、日本国際文化研究センター共同研究員、福井県文化財保護審議会委員、敦賀短期大学非常勤講師などを歴任。著書に詩集『言問いとことほぎ』（思潮社、中日詩人賞新人賞）『歌口―エチュードと拾遺』（土語社）『賜物』（土曜美術社出版販売、小野十三郎賞）『鬼神村流伝』（思潮社）、評論『リアリテの磁場』（コールサック社）『詩論と世論の地場』（土語社）『田の神祭りの歴史と民俗』（吉川弘文館）『森の神々と民俗』（白水社）『稲魂と富の起源』（同）『あどうがたり―若狭と越前の民俗世界』（福井新聞社）など。他に共著多数。日本詩人クラブ、中日詩人会、福井県詩人懇話会（幹事）会員。福井民俗の会会長、若狭路文化研究会会長。詩誌『角』同人。

世界の祈り

僕は駄目な人間です。

正直に言って、どの作品も自信がありません。「詩」の世界は飾ることは出来ても真髄は誤魔化せないと感じています。

僕はいつも同じことを書き綴っているような気がします。

それでも僕の心は「呪いの系図」より「世界の祈り」を選びました。

神月ＲＯＩ (p.78)

神月ＲＯＩ（かむづき　ろい）

トレードマークは白髪&ライトブルーのロン毛、元気に見える難病患者です。

季刊誌「コールサック」82号より、組詩「秘められた神話」シリーズを掲載させていただいております。

詩群を書く為、改めて神話学や宗教学、歴史の文献などを勉強し直す度に強く思うことがあります。何度も繰り返される過ちと、捏造された嘘の歴史の数々……。そしてソレを正しいと言い切る世の中に対して僕は人間を辞めてしまいたいと思ってしまいます。ソレは思想であって歴史では無い、事実でもない！と。日本や他の国を、あの国が勝手に決めたり変えるのはおかしい！と。このままでは何も書けなくなりそうで、僕はあの国が恐ろしい。

ホモ・サピエンスと言う言葉。直訳すると、「賢い人類」になります。自称「賢い人類」が力による支配を未だに繰り返しているのは何故でしょうか？

そして僕は【秘められた神話】と言う自己の思想の中にさえ、自己矛盾を抱き続けています。鏡に向かって、いつも問います。「俺はこれで良いのか？」と。

十六の春

二番目の詩『嘆き』は十六歳の作品です。もちろん初めて書いた詩。札幌の高二の春、今はいない母に寝転びながら読んで聞かせたのを覚えています。ヴェルレーヌ・達治といった「教科書で読んだ」詩人の影響が、かなり直截な形で出ていますが、全体としては、それらを遥かに凌駕する抒情に溢れていると考えています。『北海道共和国のさびれた街を』は残酷な詩です。作中にある通り、室蘭から小樽までさまよい歩いて、語りに語り、なお語って……その後自死した亡き友への鎮魂歌。

『ケルトの丘』今でこそ「時空もの」は流行りですが、私が書いていた頃は絵空事扱い。真実とまでは言いませんが、私の内部ではとてもリアルな作品。我が歌の師匠――井上（正志）老師が素晴らしい曲を付けて下さっています。

神原 良（p.34）

神原 良（かんばら　りょう）

詩集

『オタモイ海岸』（コールサック社）
『ある兄妹へのレクイエム』（コールサック社）
『X（イクス）』（書肆山田）
『オスロは雨』（書肆山田）
『小樽運河』（書肆山田）
『迷宮図法』（書肆山田）
『彼―死と希望』（書肆山田）
『アンモナイトの眼』（書肆山田）

「旅人」「我を見つめつつ」

　立派な黒表紙の「コールサック詩文庫」（第十巻）に載せています、拙短詩「大寒」（18頁）、「碧空」（19頁）、「平和の丘で」（32頁）の三つは、今もなお人気が有ると自賛出来るかと思いますが、当課題では「旅人」（20頁）と、拙長詩「我を見つめつつ」（73頁）の二編を取り上げて見たいと思います。

　その理由としまして、私は旅が好きで、そのうたが結構多いことに気付かれた方も、決して少なくはないと思います。いつもと違う場所へ我が身を置いて、その土地特有のおいしいものを食したり、美しい自然や景観に魅せられたりして、寸時の感興を率直に表現したがる、そんな自分だけの人生をエンジョイ出来る幸せを知りながら、それで満足出来たかと思いきや？

　既に洋の東西を問わず、文学の偉大な先達も輩出されていて、我が行く手の道しるべとなる、見事なお手本を後世に残して頂いた有り難さに接触しては、「自分はまだまだ」と力《りき》んでみたり、或る種の過酷とも言えるご苦労な「詩の道行き」を、前出の拙詩「旅人」は、いち早く予見、看取していたのか？

　ああー、くわばら、くわばら、……

岸本 嘉名男 （p.126）

岸本 嘉名男（きしもと　かなお）
一九三七（昭和十二）年十二月四日大阪府池田市に生まれる
関西学院大学大学院修士課程卒業
公立中学校、高等学校教諭・管理職を経て
元関西外国語大学短期大学部教授
大阪府立学校退職校長会（春秋会）会員
摂津地区保護司（平成二十七年一月二十四日定年退任）
桜町自治会長（平成十九年四月より同二十九年三月）
関西詩人協会永年会員、現代京都詩話会会員
著作概略〈およそ出版発行年順に並べています〉
○研究・評論『私の萩原朔太郎』（竹林館）
国文学解釈と鑑賞855（朔太郎特集）に評論『宿命』
○詩集・『碧空』『四季巡る』（竹林館）、『釣り橋ゆらり』（編集工房ノア）、『めぐり合い』『早春の詩風』（思潮社）、『見つめつつ』（北溟社）、『白よ』（檸檬新社）、『川生きて』（澪漂）、『詩を生きる』Ⅰ～Ⅲ（日本文学館）『なぜ社会とつながるのか』『（自叙伝風）うた道をゆく』『光いずこに』『わが魂は天地を駆けて』（作品集）（土曜美術社出版販売）、『岸本嘉名男詩選集一三〇篇』（コールサック社）

今、思うこと

仕事は分業化され、どこからどこまでが自分の仕事と言えるのか、確認し難いのがほとんどであろう。かつて、自分の肉体を使って材料から製品を作り上げていたものが、多くの人の工夫により今日の状況にまで辿りついてきたといえばすべて肯定されるものでなければならないと私自身も思ってしまう。科学技術文明はさらに進化し続けて行かなければならないと。

現在の予測される範囲で言えば、人に代わりロボットの仕事が大幅に増えていくことになるだろうといわれている。ロボットは自ら考えて創造する力も持つだろうとも。その先にあるのは、ロボットによる人間支配が起こってくるということも予測されている。

敢えて一言、前述の状況に付け加えることが許されるならば、それなら詩はどこに行くのか、人間はどこに行くのか、というのが見えないままで科学技術文明を推し進めていいのだろうか。否、それは考えすぎとの声も聞こえる。その前に人間間の差別、地球環境の汚染と破壊、戦争の方が問題ではないか、の声も。

北畑 光男 （p.26）

北畑 光男（きたばたけ　みつお）

一九四六年岩手県生まれ。酪農学園大学卒。一九七二年詩集『死火山に立つ』（北書房）、一九七八年詩集『とべない螢』（地球社）、一九八三年詩集『足うらの冬』（石文館）、一九八六年詩集『飢饉考』（石文館）、一九九一年詩集『救沢まで』（土曜美術社）第三回富田砕花賞、二〇〇三年詩集『文明ののど』（花神社）第三五回埼玉文芸賞、二〇〇六年詩集『死はふりつもるか』（花神社）第十三回埼玉詩人賞、二〇一一年詩集『北の蜻蛉』（花神社）第十九回丸山薫賞、二〇一七年評論集『村上昭夫の宇宙哀歌』（コールサック社）。

日本現代詩人会、日本文藝家協会、埼玉詩人会、埼玉文芸家集団、岩手県詩人クラブ各会員。

詩誌「歴程」「撃竹」同人。

村上昭夫研究「雁の声」主宰。

「銀の冠を」

この詩世界はごくまれに訪れました。都心へ向かう車内。午さがりの、いつもとちがうワン・シーンです。ひらいた窓から風にのってくる綿毛！手をのばせば届きそうな、幼いときのあのトキメキ。傍らにはスマホに握られ汗ばむヒトら。車内に訪れた淡い光りよ。


「竹のうた」

日常のなかに身を沈めているとき、フッと発見した感動から生まれる血の温みの詩篇です。「竹」は日本に自生する植物で、ヨーロッパの地に生育しません。海につながる世界の中で、すすむ分離という現実。いかに疵口を塞いでいくか。柔軟な姿勢が望まれます。


「雪のなか」

降りしきる雪のそうぜつなほどの美しさ。瞬く間に雪化粧した町は、しろく匂いたっています。わたしのむねのうちから、やさしい想いのわきあがるとき。「――あの世とこの世は同じなんだよ」と、祖母は少女のわたしによく申しておりました。十代のころに得た感覚はいま、地上にひらけ、つながっています。天空へ逝かれた方々と。……地上は雪、誰かれのこえ。

越路 美代子（p.28）

越路 美代子（こしじ　みよこ）
香港に生まれる。京都市内の幼稚園、小・中学校並びに高校へ通う。少女時代を、平安京からつづく都大路に暮らす。早稲田大学第一文学部（仏文学専攻）卒業。在学中に佐藤輝夫、新庄嘉章、平岡篤頼らより、教えを受ける。卒業後、結婚して二児の母になる。学問の行脚を続ける夫に同行し、アメリカをはじめ仏・英・独などの地で、海外生活を体験。その後、平成六年に第一詩集『真昼の月』刊行。「詩学」（第49巻第8号）詩書選評―骨にふれること―欄に拙詩集掲載される。平成七年「ふるさと紀行」（第63号）の序詩に、小詩「象牙色の跳躍台」。平成八年第二詩集『草上のコンサート』を発刊後、伊藤桂一、鈴木亨、菊地貞三らの「木々の会」同人となる。平成十四年花神社から『ブドウ色の時』上梓。詩誌「木々」（第26号）に伊藤桂一氏の「透明な繭に包まれて」と題する当書評が載る。参加詩華集＊『日本現代詩選』（第32～38集）（日本詩人クラブ）、『水・空気・食物300人詩集』（コールサック社）ほか。

「昭和の終焉」「荒野」

一九九〇年、三人の子育て真最中だったころにまとめた第一詩集『聖子宮―エバとマリアの狭間で―』より書き直した詩二篇。

三男出産後、不眠症に陥った上、一九八六年四月二六日のチェルノブイリ原発事故の衝撃を受けた。そんな中、眠れぬ夜に綴り始めた詩である。

長男がスイミングスクールで泳いでいる間、週一度次男と三男を母に預けて、近所の教会で聖書の勉強をしていた。それが、当時の私の唯一自由になる時間だった。

という状況で、この二篇は書ききれていないという思いを抱いていたので、その後書き直した。さらに、平成の今上天皇の希望が認められ、生前退位が決まった平成二九年、昭和天皇崩御時を振り返り、再度書き直した。

あのころ国内の種々の行事が禁止され、いき過ぎた自粛ムードで暗くなったが、まだ多くの日本人が中流階級意識を持っていたのだと、読み返して思い出した。

琴 天音 (p.102)

琴 天音（こと　あまね）

一九五四年　東京生まれ。

早稲田大学文学部卒業後、スタジオミュージシャンとして女性三人コーラスで歌っていたが、出産後やめる。

一九八五年　三人目出産後しばらくして詩を書きはじめる。自ら歌うスキャットと組み合わせた自作詩の朗読を始める。

一九九六年　第二詩集『アイビーの若葉』（土曜美術社出版販売）

一九九七年から十数年間、子育ての通信教育の仕事をする傍ら、『〇歳からの教育』（海流社）、『ちゃんと「ガマン」のできる子に』（ＰＨＰ研究所）、『あなたの子育て診断します』（小学館）、『母子密着と育児障害』（講談社＋α新書）等、十数冊の子育て論の執筆に小松智子の本名で参加。

二〇〇〇年一月　未成年三人の息子を残して夫が急逝。

二〇〇三年　琴天音詩書画展を開く。

二〇一一年　第三詩集『去っていった人　残されたものたち』（土曜美術社出版販売）

現在　日本詩人クラブ会員・詩誌「飛揚」「こだま」に参加。

静寂な緊張感のなかから

私は明晰夢の探求に取りつかれていた時期があった。合わせ鏡を覗くかのように視線を対象に向け、ペンを握った。「クルーリ　リルクーリ」（「詩と思想」二〇〇八年八月号）は、縊首の現場を表現したものだ。寝具に入ると過去の苦痛も快感も映像となって押し寄せてくるから、ことばにかえて再処理しないと眠れないのだ。深夜、いくつかの象徴を集める過程で、詩・五行歌、小説、エッセイの三叉路に立つ。やはり私はシンプルな詩が好きだ。「おこない」（詩集『ことのは』二〇一三年九月二十二日）と「潜在」（詩集『刹那から連関する未来へ』二〇一六年十一月一日）は短詩だが、これも心象風景を綴った。体験に耳を澄まし、自分のことばを信じて文字に変換する。込み上げる情感を圧縮するために私は必ず背後に物語を創る。収載の三篇は自己の静寂な緊張感のなかから生まれたといっていい。「おこない」は過去の体験から、「潜在」では自分も根底に不安を抱えて生きているとの再認識をした。

こまつ かん (p.46)

こまつ かん

詩誌「乾季」同人（笠井忠文主宰・創刊号から参加）。山梨県詩人会理事長、山梨文芸協会会員、山梨五行歌会会員、詩人会議会員、日本詩人クラブ会員、日本現代詩人会会員、日本現代詩歌文学館振興会評議員。

『月刊ポストカードポエムつづり』『こまつかんリサイタル』『なみだいし』『余白に』『蝸牛、封をして』『瑠璃色の光の行方』『瑠璃色のピアニシモ』『こまつかん詩集』『龍』『見上げない人々』『ことのは』『官能五行歌集・影法師』『小説・静かな筆致』『小説・今は幸せかい？』『台本・てのひら（三幕）』『テキスト・養生気功の基礎』『朗読のための詩・時の流れとともにときめき、そして今…』『朗読のための詩・いのちと平和・五つのポエム』他。森谷天平の筆名を用いることも。

精神科看護師、認知症初期集中支援員、救急救命士、医療気功師（中国衛生部予防医学会）、生涯学習一級インストラクター、まなびの達人あそびの達人。

語り、手話、速記、速読、死生学、性典、瞑想、催眠、怪異、龍、易、タロットに関心を寄せている。

「映像の馬」「バオバブを育むアカビタイキツネザル」


「映像の馬」は、二〇一七年、処女詩集から三十四年振りに上梓した詩集のタイトルとなった詩だ。

　阪神淡路大震災の日、私は吹田市でその揺れを経験した。テレビは、燃え続ける神戸の街を延々と映していた。その時の、何も出来ない口惜しさを忘れることが出来ない。二度と起こりえない出来事のはずだった。それが、今度は原発が燃えた。津波が家を人を呑み込んだ。

　今思えばその時、澱のように私の中に沈んだ感情が、青木はるみ氏が主宰する「瑠璃坏」で、動物シリーズを書くきっかけになったのだろう。

「バオバブを育むアカビタイキツネザル」は、サン・テグジュペリの『星の王子さま』に出てくる巨木、三本のバオバブが星を破壊するという話がテーマになっている。三つの国が世界を破壊するという、その内の一つは日本なのだ。

嵯峨 京子（p.96）

嵯峨 京子（さが　きょうこ）
一九五〇年　鳥取市生まれ
日本詩人クラブ・関西詩人協会会員
詩誌「リヴィエール」・「瑠璃坏」同人
既刊詩集『花がたり』（ＶＡＮ書房）
　『映像の馬』（澪標）

「林立と祈り」「ちっちゃいかみさま」

詩の他に、脚本、小説と執筆していますので、詩の代表作となりますと、大きなドラマ詩や組詩、散文詩等が相応しいかも知れません。ついつい展開を目論んでしまう気質を持っているものですから。

でも、それですと納まりませんので、私の視点をよく表わしてくれている二点を選びました。

「林立と祈り」は詩集『未生ＭＩＵ』の扉詩で、「これから始まる詩集のページはこのような視点で描かれ展開されていきます」と宣言している詩です。生命というものの崇高なまでの美しさを讃えました。実際に自生している水仙の群落の中に立って感じたものです。

「ちっちゃいかみさま」は私の激しい空想世界をよく表わしています。それは半端なものでなく、時空を超えて幻覚ぎりぎりまで思考します。ですので書き終った時、私にとっては、ちっちゃいかみさまは本当に存在するのです。そして、この詩にもよく表われていますように、ちいさな現象と偉大な自然現象とを結びつけて、明るく愛すべきキャラクターを創り上げて行きます。それってすごく大切なことで、もしかしたら、救いに繋がるのでは?と思うのです。

佐々木 淑子（p.40）

佐々木 淑子（ささき　としこ）

現代詩を機軸としてジャンルを超えて執筆

詩集　『母の腕物語ー増補新版』　コールサック社

　　　『未生ＭＩＵ』　港の人

小説　『サラサとルルジ』　かまくら春秋社

脚本　ミュージカル『サラサとルルジ』

　　　オペラ『鳳の花蔓』

　　　バレエ作品『メルシー、ポプラ』

ルポ　週刊金曜日『消えなかった　消さなかった炎』

　　　の記事は英雑誌『ＴＲＩＤＥＮＴ　ＰＬＯＵＧＨＳＡＲＥＳ』に短縮転載される

作詞　ＣＤ化　ＮＨＫ放送など多数

日本現代詩人会会員　鎌倉ペンクラブ所属

鎌倉市在住

「丘の木」

二〇一五年刊行の詩集『森の波音』に収録した作品。たぶん、わたしの根底にあるものや感じ方の特徴が表れている。詩を通じてわたしなりに〈心〉と〈世界〉を表現してきたのであるが、よく出てくるのが、海と森、地球自然界、ヒトを含めた動物の命、歴史社会、都市生活、などだ。そうした中で、風わたる丘は、創造を活性化してくれるように感じられる。丘には影としての谷も不可分に含まれており、幼少期から青年期を過ごした故郷・横浜の地形が強く影響している。それは、関西暮らしを含む全都道府県の滞在体験、ヨーロッパやアジアの放浪体験、さまざまな職業体験、複雑な人生背景などを客観視できるようになってから自覚された。丘の木は、人生の比喩あるいは生きることの思想としても表現されている。また、街に続いて、海や港に関するものをテーマに書いていた時期を経て、もうひとつの精神的ルーツである森に絡めて書くことへ移行していった、それらの重なり合った地点がこの詩であった。ほかのさまざまなテーマの詩も書いているが、究極的には森と海に結びつくわたしの詩想の基調に、何かを感じてもらえたら幸いだ。

佐相 憲一 （p.130）

佐相 憲一（さそう　けんいち）

一九六八年横浜生まれ。京都、大阪などを経て、現在、東京在住。早稲田大学政経学部卒。

北海道、三重、福井、大阪、愛知、京都、滋賀、長野、神奈川、東京で講演。山口、石川、岩手、静岡、滋賀、大阪、東京で詩の講師。

大阪、和歌山、愛知、長野、神奈川、東京で詩朗読。神奈川、千葉でＦＭ放送、東京でネットテレビ出演。詩が英語、韓国語、フランス語、中国語に翻訳される。詩のイベント進行・司会多数。新聞や雑誌に諸連載。いくつかの詩団体運営、詩誌・文芸誌・詩書・文芸書の編集、詩の選者、選考委員、審査員などを歴任。

〈現在の所属〉

日本詩人クラブ、日本現代詩人会、詩人会議、など。

〈著書〉

詩集『共感』『対話』『愛、ゴマフアザラ詩』（小熊秀雄賞）『永遠の渡来人』『心臓の星』『港』『時代の波止場』『森の波音』、詩論集『21世紀の詩想の港』、エッセイ集『バラードの時間―この世界には詩がある』。編著多数。

「蟬」

神秘的な出会いが契機となって、それが何を意味するのかを「考える」ことが私にとって詩を書く中心にある。私自身は無宗教で霊感も持たないが、日常の中にふと開く裂け目のようなものに気づくことがある。蟬はそのような不思議な出来事から生まれたものだ。

「ちいさなたましひとすれ違うたびに」

未知の世界は存在すると信じることが出来た体験に基づいている。生まれてきた証として是非とも記しておきたかった弔いの詩だ。

「オナガ」

現実がどんなに絶望的、破滅的であっても詩は現実認識の単なる再確認ではなく、新しい価値を提示する「ヴィジョン」にまで高めなければならないと大岡信氏は主張した。私も同感だ。

自然が失われていく中で、逞しく生きるオナガの姿に救われた。詩はどこにでも存在する。そう信じてもいいんだよねとオナガが教えてくれたのだと思う。

佐藤 克哉（p.82）

佐藤 克哉（さとう　かつや）

「コールサック」誌八五号より参加。アンソロジー『少年少女に希望を届ける詩集』に参加。コールサック誌八八号より詩集評を担当。

集落の祭り

私の育った集落は31件、毎年9月19日は浅間神社の祭りで、若い青年会を中心に土俵を作りすもうとることから始まる。神社のとなりには舞台が楽屋付き、道具置き場、幕はもちろん芝居の道具が揃っていた。

芝居、踊りは言うまでもなく、兄は浪花節、私は姉に教えられて踊りをすることになる。髪を短く切られて泣いたりもしたが、踊りが終わって投げ銭が飛んでくるのが楽しみだ。境内は観客でいっぱいになる。

カラスに教わる

カラスが屋根を歩く。その足音のリズムにもう干し柿が食べられると知る。家の外に人がいないかどうかを調べているように。やっぱり「しぶがぬけている。」

佐藤 春子（p.100）

佐藤 春子（さとう　はるこ）
1938年岩手県北上市生まれ
所　属　日本詩人クラブ
　　　　岩手県詩人クラブ
　　　　北上詩の会
　　　　元「野火の会」、元「泉」
詩　集　『お星さまが暑いから』（私家版）
　　　　『祭り』（私家版）
随想集　『ケヤキと並んで』（あざみ書房）
　　　　『目から芽が出た』（あざみ書房）
川　柳　『母子草』（私家版）

「沈む夕日・出でる月」

四年前に書いている詩だが、発行している「秋桜・文芸誌」に掲載漏れしていたようだ。夕刻のせわしない時刻に、買い物帰りの私は夕景の美しさに見とれて西の空を見上げた。残光が力強い眼差しを私に投げ掛けて来る。

第四詩集『夢のあとさき』より収録

「悲しみの港」

二〇〇二年に書いた古い詩である。私の忘れる事のない故郷の海、佐世保港。青春真っ盛りの頃の私は毎日、木造船で服飾学園に通っていた。船は学生と通勤者と商いを生業にしている、おばさん達を乗せ佐世保市の市営桟橋より。

第二詩集『菜園に吹く風』より収録

「日記のように」

この詩は発行している「秋桜・コスモス文芸」十二号に、掲載した詩である。イカやエビ等を加工して中に入れ（さくさく日記）と、名を持つ煎餅である。海育ちの私はやはり故郷の浜辺が思い浮かぶ。帆立貝やサザエが棲む岩陰を覗く。

第三詩集『踊り子の花たち』より収録

志田 静枝（p.106）

志田 静枝（しだ　しずえ）

一九三六年、長崎県に生まれる。

二〇〇七年四月より詩誌「秋桜・コスモス文芸」主宰

所属

関西詩人協会・日本現代作家連盟・日本現代詩人会

北九州文学協会・小説誌ぱさーじゅ

既刊詩集

『夏の記憶』（一九九九年　ひまわり書房）

『菜園に吹く風』（二〇〇四年　ひまわり書房）

（現代詩・平和賞）同人奨励賞受賞

『踊り子の花たち』（二〇一三年　コールサック社）

『夢のあとさき』（二〇一六年　竹林館）

エッセイ集『渚に寄せる波』（二〇一七年　伝心社）

「修学旅行に行けないとは」

越後の山深い故郷から出てきて、千葉市、横浜市で学校事務職員として、四六年間働いてきた。二〇〇八年前後から、「子どもの貧困」という言葉が使われ出し、学校事務職員の研究会でも修学旅行に行けない子どもの様子が語られるようになった。そこから生まれた作品。子どもの貧困を考える書籍等にも掲載された。子どもたちの学ぶ権利が保障され、この詩が時代の遺物となることを願わずにはいられない。

「小鳥の羽ばたき」

二〇一四年二月八日、十四日、横浜に大雪が降った。雪のなかの散歩で見た様子を何気なく描いた作品。詩集発行の際、編集の佐相憲一氏が詩集名へと推してくださった。その後、徐々に愛着がわいてきた。佐相氏に深く感謝している。

「碑《いしぶみ》」

私の生まれ育った故郷も先の戦争の傷跡が大きかった。平和を願う私の原点である。

洲 史（p.122）

洲 史（しま ふみひと）

一九五一年十二月、新潟県東頸城郡安塚町に生まれる。現在、神奈川県横浜市都筑区に暮らす。

高校の時、国語の授業で読んだ村野四郎、谷川俊太郎の詩に刺激されて詩を書き出した。新潟日報の生活詩欄に投稿しだした。選者は村野四郎氏だった。何度か掲載され、選者の評も載った。うれしく、自作詩が掲載されなくても短評が楽しみだった。

詩集『学校の事務室にはアリスがいる』（詩人会議出版）、『小鳥の羽ばたき』（コールサック社）

横浜詩人会議「京浜詩派」編集長、詩人会議副運営委員長、九条の会詩人の輪事務局長、コールサック、「いのちの籠」、日本詩人クラブ、日本現代詩人会等に参加。

「眠り」「住職さん」「ファイト」

すべての自作から自分が代表作と思うものを選ぶという試みに惹かれ、三篇を選んだ。

一つめの「眠り」はツイッターが初出。ささやかな安息の願いをしたためた。

二つめの「住職さん」は、同人誌「秋桜」二十一号に寄稿したもの。各々が内面を見つめる機会を手放しつつある現代に疑問を持ち、作品化した。

三つめの「ファイト」は拙著刊行のきっかけとなったものである。二十代で書いた作品だが、初出は遅く二〇一五年のアンソロジーであった。「コールサック八十四号」にて鈴木比佐雄氏の詩論でも取り上げていただき、選んだ次第である。

実は「無き答え」という作品も捨てがたかったが、制約もあり選外とした。この機会に自作をすべて読み返したが、恥ずかしくなったり、驚いたりといい経験をさせていただいた。感謝である。

末松 努 (p.68)

末松 努（すえまつ　つとむ）

一九七三年、福岡県生まれ。

大学在学中に読んだケストナーの「都会人のための夜の処方箋」に衝撃を受けて詩作をはじめる。

宮尾節子氏主宰のツイッター連詩への参加がきっかけで「コールサック」誌やアンソロジー詩集、志田静枝氏主宰の詩誌「秋桜」へも参加している。

二〇一六年、第一詩集『淡く青い、水のほとり』。

日本詩人クラブ所属。

ウェブサイトにて「あなたを応援する詩」を毎日更新中。

http://yell.sun.bindcloud.jp/

「誰が十五歳の少年少女を殺したか」

詩集『日の跡』の中の詩「十五歳の成人式」を読んだ親しい詩友から涙を流しながら読み終えたと言われたことがある。この詩は「母が電気代を払えず蠟燭の明かりで／受験勉強をしていた少年が／その火で火事になり焼け死んだという／朝のニュースが頭からずっと離れない／／人はなぜこの寒い世界に生まれて来るのだろう／二月のみぞれ降る日　焼死した少年を悼み」で始まり今回の詩の原点である詩だ。その詩の続きは病から癒えた十五歳の息子にケーキを買って帰り、同じ十五歳で亡くなった「弟の生きる苦悩はどんなにか深かったか」を想起する。そして「密かに人間の魂の成人式は、人の世の哀しみを知る／十五歳の頃ではないかと思う」と直観する。この「ろうそく火災」を繰り返す私たちの社会の在り方は、少年少女の未来を奪うシステムではないかという問いがその後も続いている。新詩集にも収録した「誰が十五歳の少年少女を殺したか」はその意味で自分の代表作であり、これからも自分の中心的なテーマとして生き続けていくだろう。

鈴木 比佐雄（p.42）

鈴木 比佐雄（すずき　ひさお）

一九五四年、東京都荒川区南千住に生まれる。祖父や父は福島県いわき市から上京し、下町で石炭屋を営んでいた。一九七九年、法政大学文学部哲学科卒業。一九八七年、詩誌「コールサック」（石炭袋）創刊。現在は季刊文芸誌となり九十三号まで刊行。二〇〇六年、株式会社コールサック社を設立する。二〇一一年、東日本大震災以降は若松丈太郎『福島原発難民』など福島・東北の詩人、評論家たちの書籍を数多く刊行。

◇詩集　『風と祈り』『常夜燈のブランコ』『打水』『火の記憶』『呼び声』『木いちご地図』『日の跡』『鈴木比佐雄詩選集一三三篇』『東アジアの疼き』（以上九冊）

◇詩論集　『詩的反復力』『詩の原故郷へ―詩的反復力Ⅱ』『詩の降り注ぐ場所―詩的反復力Ⅲ』『詩人の深層探究―詩的反復力Ⅳ』『福島・東北の詩的想像力―詩的反復力Ⅴ』（以上五冊）

◇所属　日本現代詩人会、日本詩人クラブ、宮沢賢治学会、日本詩歌句協会、千葉県詩人クラブ、小熊秀雄協会、脱原発社会をめざす文学者の会各会員。日本ペンクラブ平和委員、福島県文学賞審査委員、鳴海英吉研究会事務局。

どの詩を最初に読んでほしいのか？

詩作はわたしを楽しませてきた。どの詩も書くときの思い出が詰まっていて、読み返してあきない。時に、激しく甦る。書いた詩で嫌いな詩は、ない。詩の技巧は、その主題のためにあるので、詩と同時に現れる。この時はこのことを強調したかったのだなとあとではっとすることもある。

何が優れているからか。それは、その詩から多くのイメージが浮かぶこと、その詩の展開がとても遠くまで展開可能なことではないかな。で、どれも好きな自分の詩を改めて見直した。けれど、自分の詩はいつも思い出がつきまとう。思い出は留まることがない。今日へも明日へも書ききれないところへ歩いてゆく。

企画「私の代表作」からははずれるが、現在のわたしの詩に底流を感じさせるものを指定行数で、「夜と昼と季節と思い出と」「死者」「昔　ここに川があった」と選んだ。

『関中子詩選集一五一篇』所収の作品である。

関 中子 (p.94)

関 中子（せき　なかこ）

一九四七年横浜、鶴見川支流早淵川生まれ。

一九九五年に、定年後の楽しみの可能性として、詩を書く。一九九六年に詩集を出す。

詩集が七冊目の時、詩誌「ＰＯ」や「岩礁」の同人になったが、自作詩が発表できると思わず、詩を発表しなかったら、「書いていいんだよ。」と注意されて吃驚した。

二〇〇九年の後半、詩人クラブ、日本現代詩人会、横浜詩人会に入った。横浜に詩人の集まりがあると分かり、ほっとした。二〇一〇年に都小学校教諭を退職。

書きたいままに書き、それを詩集にすることでわたしは詩を作ってきた。ただ、書いて読んでばかりでは、詩の健康もわたしの健康も害すると思う。

詩を書くのは、もうちょっとこの世にいたいと思うせいなので、歩くのと似ている。これからは、詩の焦点を探したい。

二〇一八年、個人詩誌『小さな森』一四号発行。

「あやとり」「自転車のかぎ」

「あやとり」は附属小学校教員時代のもの。学校から県庁前にかけてゆるやかなスロープが続く。二人の女の子があやとりをしながら下校していた。

さまざまな形を作っては見せ合う。そして、すぐに壊し、また新しいものを作る。壊しては作って、作っては壊して楽しんでいる。最後に分かれ道で、二人とも、そのあやとりで作ったものを全て壊し、ゼロの形に。そのあやとりの姿がメルヘン的でもあり、現実的にも見えた。また、はかなくも見え、哲学的にさえ見えた。そこにポエジーが宿る気がした。

「自転車のかぎ」の現場は、公立小学校の駐輪場。この場所に渦中の子どもはいない。子どものいない所で想像される子ども。そして、その詩の中に、挿入される別の場所でさまよう子どもの孤独な姿。

ある時、子どもが行方不明になった。保護者の方々や教職員たちで捜したが見つからず、深夜〇時ころに捜索を一旦終えた。私は学校に泊まり込み、翌朝六時前に家に行くと、玄関の外に立っていたのを思い出す。しかし、この二人の子どもが同一だとは限らない。

武西 良和 (p.30)

武西 良和（たけにし　よしかず）

和歌山県海草郡美里町（現・紀美野町）生まれ。家は果樹農家であり、米や野菜も作っていた。蚕も飼っていた。猫や鶏、牛も飼っていた。

少年のころ、柿の収穫や田植えを手伝った。また、杉や檜の植林した山に草刈りにも行った。落葉樹を使った炭焼きの手伝いもした。シュロの皮むきもした。

学生時代は陸上部に所属し長距離を専門にしていた。近国体で五〇〇〇メートル二位に入った。地方大会でもいくつか入賞もした。

小学校の教員をしながら、高校で古典や現代文を教え、大学では作品研究の講座も担当した。国語教育関係の書籍は、辞書、事典類を含めて三〇冊を越える。

主な詩集は『水中かくれんぼ』『わが村　高畑』『子ども・学校』『きのかわ』『ねごろ寺』『プロフェッショナル』『岬』『てつがくの犬』『遠い山の呼び声』などのほか、バイリンガル詩集『Ninja 忍者』など。

詩文集としては『ぼくとわたしの詩の学校』、『詩でつづる故郷の記憶』。現在も小学校に出かける。子どもの言葉や考え方に感動することが多い。

「洗濯をする」

いらいらしたりすると、私は深呼吸したり手で洗濯をします。いやな自分の性格を、心を洗うような気分になります。澄んでいく水をみると美しい。私の心も洗われて美しくなって心が落ち着いてくるのです。

「夕日」

朝日に一瞬の美しさより
一周してかえってきた夕日が美しい
夕日の詩を書きなさい

夫は亡くなる二日前、一月三日二人で初日の出を見ているときに言いました。「あんたは看護婦だからここで診て」と言いました。四十三年間の結婚生活六十七歳で旅立ちました。家族に手を握られて……。

「壜の中の赤子」

今から五十年前　看護学校の三年生の時雪永先生に連れられて岡山の愛生園に社会見学に行きました。
医学会でもハンセン病の事を声を荒げて訴えていた若い医師たち。うつると隔離され優生保護法を適応させ誤った判断をした日本の医療は許すことはできません。

田島 廣子（p.110）

田島 廣子（たじま　ひろこ）

一九四六年宮崎県都城市に生まれる
一九六五年国立大阪病院付属看護助産婦学校看護婦科卒業
一九七〇年沖縄県石垣生まれの田島諭と結婚二男一女に恵まれる
一九八五年大阪芸大短期大学保育科卒業
一九八九年佛教大学社会福祉学科卒業

看護師生活五〇年現在も月に一三日働いている。両親の死に目にもあえず帰れずに働いていた。「廣子はまだか」の父の声が私を今も働かせている。

詩集　一九九〇年『白衣の歩み』（詩歌集）
二〇〇七年『愛　生きるということ』
二〇一三年『くらしと命』
二〇一六年『時間と私』

短歌も高校の時から書き始め今も合唱に投稿している。いろんなことに挑戦して生きたいし書きたい。

所属　詩人会議　大阪詩人会議　関西詩人協会
現代京都詩話会　合唱　ＰＯ

人の眼の吸いとってゆく
生命《いのち》も
物の翳りも
見定めて更に踏みこみ探るひとつの歩足
ひかりの底を歩んで
導く如く誘われてゆくその道筋の
結ぼれるいくつもの顛末《てんまつ》の
生の道行に副《そ》う心の旅路

ふかぶかと沈む軌跡の
かすかな着地の
告げかねる逍遥の足どり
奈辺を辿っていたか
心の棲家に沁み入る諸々を点じて
黙してなお遥かに届く躍動の地
いまもなお指呼《しこ》し見据える如き
去り馳せるひと日の在りか

＊最新詩集『時刻《とき》の帷《とばり》』収録「旅路」より

鳥巣 郁美（p.32）

鳥巣 郁美（とす　いくみ）

一九三〇年、広島県生まれ。現在、兵庫県西宮市在住。
詩集『距離』『時の記憶』『原型』『影絵』『春の容器』
『背中を』『灯影』『埴輪の目』『日没の稜線』『冬芽』
『浅春の途』『鳥巣郁美詩選集一四二篇』『時刻《とき》の帷《とばり》』。
詩論・エッセイ集『思索の小径』。
「コールサック」、西宮文芸「表情」に寄稿。
日本現代詩人会、兵庫県現代詩協会各会員。

亡き妻を偲ぶ詩

妻由喜子は平成二年十一月五日に逝去した。私は『鳥は時に』と『天女の橋』の二冊の追悼詩集を上梓した。（文芸社刊）

詩は心の叫びである。私は妻への愛を記録しておきたいと願った。妻は明るい性格だった。

私の代表作といえるものがあるかどうか考えてみた時に、やはり亡き妻を偲ぶ詩が思い浮かぶ。

今回私は「天女の橋」と「面影」の二篇を提示することにした。

「面影」は二〇一三年にコールサック社から上梓した詩集『秋の旅』に掲載されている。妻は世俗に汚れぬ人であった。

妻が逝去して二十七年が経過する。晩年の妻は私の詩作を応援してくれていた。長生きすることが、詩人として生き残る道だとも言っていた。私はいま幸いにも健康に恵まれている。少しでも長く詩の道を究めたい。

外村 文象（p.44）

外村 文象（とのむら　ぶんしょう）

一九三四年（昭和九年）九月二十六日。東近江市五個荘川並町に生まれる。父　外村祖治郎　母　さよの長男　本名　元三

一九五三年（昭和二十八年）三月　滋賀県立愛知高等学校卒業。在学中は美術部に所属

一九五六年（昭和三十一年）三月　滋賀大学経済短期大学部卒業。在学中は文芸部に所属

一九五六年（昭和三十一年）四月　綾羽紡績株式会社（現　綾羽株式会社）に入社

一九五三年頃より詩作を始め「文章倶楽部」「若い広場」「詩学」などに投稿する

一九五八年（昭和三十三年）四月　文芸同人誌「アシアト」創刊　一九六四年十月　二十号で終刊

一九六一年（昭和三十六年）近江詩人会に入会　この頃「小説新潮」詩欄に投稿

一九六三年（昭和三十八年）十二月　八神由喜子と結婚　大阪府茨木市の文化住宅に住む

二〇一三年（平成二十五年）川島完氏の誘いで「東国」一四五号より参加

詩人はヒーラー

「あれっ」は第二十二詩集『風の起源』（二〇一四年）、「一望」「やって来た」は第二十三詩集『天降りの宴』（二〇一七年）より。何れも宇宙一体、魂の永遠の環がテーマ。今ここにある遙かなもの、生命の深奥。

これからも、あの手この手、あの足この足。様々にやり口を変えて（それが人生）、天降りのピアノインプロヴィゼイション（癒しのコインの裏表）にもなって。一九九六年『何事もなかったかのように』（第十詩集）以来の同じ波動をテーマに展開しましょう。「シュールスピリチャル」と申します。

大切なことは、そこに生命を育む「宇宙共生」を持っていること。どんな創造性も自閉や物質主義ではなく魂の社会、世界や内なる宇宙に開かれていることが必要。詩人はヒーラー以外の何者でもない。

中尾 彰秀 (p.86)

中尾 彰秀（なかお　あきひで）

「詩を朗読する詩人の会〝風〟」世話人代表、関西詩人協会元運営委員、日本詩人クラブ会員、日本現代詩歌文学館振興会評議員、「ＥＡＲＴＨＰＯＥＭＰＲＯＪＥＣＴ」代表。既刊詩集二十三冊、『天降りの宴』『風の起源』『月の雫をワイングラスで飲めば』『静かな背ビレ』『竜の落し子』『龍の風』『レディナダ』『呼吸のソムリエ』『ダイダラボッチ散歩クラブ』他。既刊波動ピアノインプロヴィゼイションＣＤ四十七枚。「五音聖地」「世界詩産」「薔薇の宇宙」「夜明けの砂浜で地球の背ビレを」「聖なる木」「アランフェスの鼓童」「不死鳥の曲」「樹望」「あまてらす」他。詩誌「森羅通信」（既刊一六七号）出版。イベントとして「ＥＡＲＴＨＰＯＥＭＰＲＯＪＥＣＴ」（現三十七回）実施。「詩の教室」実施、現十七回。

「影」「情炎」

詩に年齢はないと一般的に言われているが、人生も終末に近づいてきて、あれこれ思うことが多くなってつい眠れない夜がよくある。あれこれ考えても仕方のないことではあるが。

やり遂げられなかったこと、多くの失敗、挫折、忘れられない楽しい思い出や、これからの事などがつい、はしたない妄想となって甦ってくる。険しい黒部川を遡り阿曽原というところで、小さな温泉に身をゆだね、青い空に立ち並ぶ険しい山々や、清冽な川を見、あくなき光景にひたったあのときの残像は、今も忘れられない。

とかく山に生まれ農村で育ち、終戦直後の混乱の中で会社に就職し、恵まれたのか、恵まれなかったのか長い人生を過ごしてきた。山育ちの内気で、孤独な男であった私かひょんなことで詩を知り、詩を書き、多くの詩人や詩を知ったということは、このうえのない幸せ者だったとおもう。

中西 衛（p.116）

中西 衛（なかにし　まもる）

1932年　岐阜県生まれ

1965年　詩誌「灌木」入会　「灌木」第二次をへて「ガイア」誌　「国鉄詩人」誌会員

現在　現代京都詩話会会員
「ＰＯ」誌会員
日本詩人クラブ会員
関西詩人協会会員

「月と僕」「揺り籠」「光」

「月と僕」「揺り籠」「光」の三篇を代表作とした。詩に価値というものがあるとしたら、それはどれだけ読み手の魂に触れる事が出来たかに尽きるのだと思うけど、作り手は誰かの魂に触れるために詩を書いている分けではない。もしそうしようとすれば、きっと届かない。詩は、当然の事だけど生きた人間が書く。また、生きた人間にしか書けない。人が人である尊厳が詩には託されているのだと思う。

僕がこれら三篇を選んだ理由はそういった意味を含め、最も僕らしい作品だと思ったからだ。これらの詩には共通して依り処のない悲しみと、その悲しみを享受する姿勢が見られる。これら三篇を作る時、他の一切を外に放って、自分自身の身体の壁を取っ払う事から始めて、外界と一体になる事で欲しい言葉が自然と内に集まってくるイメージだった。「月と僕」は小さな自分という出発点からひとつの真実を見つめようとする勇気、「揺り籠」は世界における僕自身の立ち位置、そして「光」は実は愛を詩っています。

中道 侶陽 (p.64)

中道 侶陽（なかみち　ろう）

一九八二年二月一二日生まれ

二〇一五年二月一二日　コールサック社より初詩集『綺羅』を刊行

回転寿司では真イカを好む

いのちと環境

一作目は「原発事故」の　悲しみを少女の目を通して作ったが、今年で六年になっても福島の現状は変わらないと聞く。深い悲しみが湧いてくる。

次の「夜明け」は人間が生きることの精神的な姿を思ったもので、人の命が自然の恵みを受けてまっとうされることへの喜びと感謝である。

夜明けの空はいつ見ても心あらたまる。青空も雲も人間に親しくまた遠いという厳粛な思いにさせられる。「存在」は人が一人この地に生まれ、多くの人と関係し命を全うしていくときに、「ここ」は存在の場であり、守りつつもやがて旅立つところである。人は旅をし、引っ越をし、自由にどこへでも行くが、根っこはない。しかし「ここ」に居るこの場に思いを寄せると、命を与えてくれた過去がある。幼い時、私を守ってくれた祖父母、両親がいる。「ここ」にいてこそこれからがどうあるべきかを思う、若い人たちが生きる喜びを感じるような時代が来てほしいと思う。

名古 きよえ (p.38)

名古 きよえ（なこ　きよえ）（本名・樋口）
昭和十年五月二十一日、京都府南丹市美山町知井に生れる。中学卒業後　府立北桑田高校へ進学。有山寮に入る。環境の変化で高校二年生の時、体調をくずすが自宅療養で快復。恩師の勧めで京都女子大学へ入学。文学部国文科専攻。親鸞の教えを学び、詳しい教授と友に影響を受ける。卒業後は働きながら童話を書き、結婚し二児の母となる。夜間の京都市勤労者学園、詩の教室に出席、「ほんやら洞」では朗読会が盛んで、片桐ユズル氏は若者への詩に賞をもうけられ二回受賞する。外国人、大学生、若い労働者もいて自由な詩の感覚を学ぶ。近江詩人会で大野新氏の批評をいただく。第一詩集『てんとう虫の日曜日』一九八二年四月発行。詩集六冊、エッセー集二冊、詩画集三冊。
『名古きよえ詩集（新・日本現代詩文庫一一六）』に、中原道夫、中村不二夫両氏の解説をいただく。個人誌「知井」を年二回発行する。
日本現代詩人会、日本詩人クラブ、日本ペンクラブ、関西詩人協会会員。日本画を描き海外へも出展する。

「切願」「溺者」

私の代表作として「切願」と「溺者」を選んだ。このふたつは、かなり初期の頃に書いた作品なので、人生前半のベストとしたい。初期の頃の作品は、自らの内側に向けて発せられた作品が多く、言葉も荒々しい。けれど、そこに自身の原点があるのではないかと思う。この二篇はいわば、自分にとって、プロフィールのような詩でもある。履歴書と職務経歴書であるのかもしれない。

「切願」は腹の内に納めているドロドロとした感情や思考を、どうか、どうか、大切なお前《他者》だけには見せたくないのだというプライド——けれどたった一言の発射で脆くも露呈してしまうであろう醜い部分なのだという、だからどうかそっとしておいて欲しいというまさに切願なのである。

「溺者」は、そんな脆い自分の精神構造を自分と自分との対話という形を取って、表現しようともがいている。なすすべもなく自分から発射された、自己を許そうとする甘言——バニラアイスを、否定しつつも、やがて受け入れ、逆にとってつけた様な存在理由は撥ね除け、最後には生きていく決意を強く固めている。

羽島 貝 (p.60)

羽島 貝（はじま　かい）

一九七三年　東京生まれ
一九八〇年　茨城に移住
二〇一四年　詩集『鉛の心臓』をコールサック社より刊行
二〇一五年　私家版詩集『露悪趣味の亡霊』を刊行
アンソロジー『水・空気・食物３００人詩集』『ＳＮＳの詩の風41』『生きぬくための詩68人集』『平和をとわに心に刻む三〇五人詩集』『海の詩集』『少年少女に希望を届ける詩集』参加

平頂山殉難同胞遺骨館

私は高校時代、吉川英治の小説『三国志』に影響され中国哲学や漢詩に興味を持ち、『孫子』『論語』『孟子』などを読んで来ました。一九九八年八月「森村誠一と行く『悪魔の飽食』中国ツアー」で中国東北部を歴訪しました。ハルビン郊外の「731陳列館」で衝撃を受け、撫順市の「平頂山殉難同胞遺骨館」（現・撫順平頂山惨案記念館）に到着して、その惨状には声も出ないほどの驚きを覚えました。関東軍による一般住民虐殺の現場です。帰国後、この詩を青年団体が主催した「青年文化コンクール」に応募し、一九九八年度詩部門で佳作となり冊子に載りました。現代中国語もラジオやテレビで学び始め、日中友好協会に入会し中国近現代史の学習にも留意しています。中国へは計五回旅行しており、上海や山東省済寧市曲阜の孔廟、「万里の長城を歩くツアー」など観光メインの旅ですが、青島《ちんたお》ではホームレスらしき人を見て貧富の格差の厳しさも感じたものです。日中関係が微妙な情勢ですが、日本の過去の加害の面も直視すべきと思いこの詩を選びました。

畑中 暁来雄（p.74）

畑中 暁来雄（はたなか　あきお）

一九六六年七月　三重県三重郡楠町（現・四日市市）出身
一九八五年三月　大阪教育大学教育学部附属高等学校池田校舎卒業
一九八六年四月　大阪市立大学法学部入学
一九九一年三月　大阪市立大学法学部卒業
現在　兵庫県西宮市在住
二〇〇四年六月　詩集『青島《ちんたお》黄昏慕情』（文芸社）出版
二〇一三年五月　詩集『資本主義万歳』（コールサック社）出版
所属文化団体
関西詩人協会　詩人会議　大阪詩人会議
新興吟詠会

「無調歌」について

代表作というよりも、わたしの生の感情が最も出ている作品の一つとして選びました。

「無調歌」は長女の反抗期に書いたものです。「行ってきます」の声もないまま、プイと怒りの色だけ見せて家を出ていく娘の後姿を見送りながら、今日も無事に過ごしてくれるといいけれど、と祈るような思いでした。強がっているのに、抱きしめたいほどか細かった娘の背中を、今も思い起こします。

家族を見送った後で、自分の育て方のどこがいけなかったのか問う日々は、真っ青な荒れ地を歩むようでした。そんなある日、ふと子育ての黄金期を過ぎた女たちは、誰もがこんな荒れ地を見たのではないかという気持ちが湧きました。もちろん現実逃避、責任逃れです。それでも幾世代もの母たちへの連帯感から、わたしは自分を立て直すことができました。

その時の荒れ地を目に映るまま書いたのが、「無調歌」です。調べも無い自分勝手な作品ですが、読み直すと出口が見えなかったあの頃が戻ってくるのです。

原 かずみ (p.98)

原 かずみ（はら　かずみ）
一九五五年　石川県生まれ
一九九六年　詩集『生まれたときから』（書肆青樹社）
二〇〇六年　詩集『オブリガート』（土曜美術社出版販売）
二〇一二年　詩集「光曝」（土曜美術社出版販売）
詩誌「まひる」同人　現代詩人会会員　日本歌曲協会会員

「倒れ伏すとも」

「旅に病んで夢は枯野をかけ廻る」――「病中吟」と題された芭蕉の死の床での一句。何という痛切さだろう。一般に芭蕉の晩年の俳境は「軽み」と呼ばれることが多いようだが、どうもこの句は違うのではないか。ここにあるのはむしろ、どんな「自在さ」「軽やかさ」「悟達」とも対照的な、永遠に新たな「次の一歩」を求めて「枯野」を彷徨い続ける芸術家の壮絶な「執念」のようなものではないだろうか。

だが、それにしても、このように生き又死んだ者にとって「代表作」とは一体何だろう。「古池や蛙飛び込む水の音」「閑さや岩にしみ入る蝉の声」「荒海や佐渡によこたふ天の河」「この秋は何で年寄る雲に鳥」等々、名句秀吟は数え切れないが、芭蕉本人にとってはそれらはあくまで「旅」の途上の忘れ難い、だがそれを理由に「旅」そのものを終えてしまうことなど思いも寄らない一齣一齣に過ぎず、心はいつも「まだ見ぬどこか」を求めてかけ廻っていたのではないだろうか。

「行き行きて倒れ伏すとも萩の原」（曽良）。

私も又、そのような者でありたい。

原 詩夏至（p.76）

原 詩夏至（はら　しげし）

1964年東京生まれ。幼少期を父の生家のある和歌山県で過ごす。現在中野区在住。著書に詩集『波平』（土曜美術社出版販売）・『異界だったり　現実だったり』（勝嶋啓太氏と共著・コールサック社）、歌集『レトロポリス』（第十回日本詩歌句随筆評論大賞短歌部門受賞・コールサック社）・『ワルキューレ』、句集『マルガリータ』（ながらみ書房）・『火の蛇』（土曜美術社出版販売）、小説集『永遠の時間《とき》、地上の時間《とき》』（コールサック社）他。現在、日本ペンクラブ・日本詩人クラブ・日本現代詩人会・日本詩歌句協会・日本短歌協会・現代俳句協会他に所属。詩誌「風狂」・歌誌「舟」「まろにゑ」・俳誌「花林花」・活字文芸誌「ZOWV」同人。総合文芸誌「コールサック」を中心に作品・書評・時評等を執筆。天童大人プロデュース「詩人の聲」プロジェクトに参加。「一体どれが本業なんだ？」と訊かれることもあるが、自分としては「副業」意識でやっているものなど一つもないつもりだ。「西行の和歌に於ける、宗祇の連歌に於ける、雪舟の絵に於ける、利休が茶におけ る、其の貫道する物は一なり」（芭蕉『笈の小文』より）。

「涙」へ

ミトコンドリア・イブ仮説をまつまでもなく、われら現生人類は、ネアンデルタール人を旧人化し、新人として地球上に君臨するが、未だ〈我欲〉と〈暴力〉を克服し切れず、多くの新たな危機を生みだしている。その事実を、短い〈形象詩〉で造形化しようと試みた。〈思想美〉としての〈哲学性〉が出ているか、どうか……

「白鳥よ」へ

極寒の北に生まれ、生きぬいた八五年を、〈形象詩〉の抒情美へと作品化しようとした。〈音楽美〉がでているか、どうか?……

「母」へ

〈形象詩〉としての、〈心象美〉が〈哲学美〉へと昇華しているか、どうか……

原子 修（p.52）

原子 修（はらこ　おさむ）

●一九三二年十一月十三日　函館市生まれ

●受賞歴等

○詩集『鳥影』（北海道詩人賞）

○詩集『未来からの銃声』（日本詩人クラブ賞）

○詩集『受苦の木』（現代ポイエーシス賞）

○叙事詩『原郷創造』（北海道新聞文学賞）

○メルヘン『月と太陽と子どもたち』（北の児童文学賞特別賞）

○詩論書『現代詩の条件』

○詩劇四九作品一〇一公演を国内・外で創作・上演　ほか

●現在　日本文藝家協会会員、北海道文学館参与、全国龍馬社中副会長、小樽龍馬会会長、日本現代詩人会員、詩誌『極光』主宰、札幌大学名誉教授

「うみ（夭逝した少年に）」「うみ（心平の声）」「憲法に憧《あこが》る」

蒸し暑い夏の日暮れ　けやきの老木に睦やかに命を
託し
羽化するセミの　その時に思わず足を止める
薄れゆく陽ざしに　青白く透ける翅
密やかに浮き立つ　静謐な時
ひかりをはじく一瞬　風を孕み　やがて蠢く命
生きとし生けるものの厳粛な営み　確かな輪廻

命はそれぞれに　時を独り占めし　輝き　全うして
生まれくる命の背後には　生きてきた母の死をいつも
見つめているような

そんな思いが詩作を急かす
時代の陰が色濃く射し込むと
私の詩も時代の陰ばかり　光は陰る

とりとめのない三篇の詩

ひおき としこ（p.114）

ひおき としこ
1947年　前橋市生まれ
東京都の福祉職として　38年間　心身障碍児（者）の
療育　相談　教育　等に携わる
退職後　地元のNPOで　高齢者の介護予防事業（相
談　コーラス　歌声喫茶）に携っている
詩抄『やさしく　うたえない』

「ネットワークの片隅で」

北国のこの地に移り住んで、二年目の冬の始まり。私はある支援センターにいた。研修活動とは名ばかりで、そこは私にとって、派遣切れや路上者、引きこもりの若者たち、認知症の方など、寡黙な人々との対話の場だった。やがて必ず別れや人生の限りが来るのだけれども、何だか奇蹟のような出会いだった。殆ど語らぬその人の姿から、唯々、圧倒的な迫力を持って感じられる何か、これまでのその方の人生、共感の先にある世界を言葉に書いてみたかった。この詩はその一つ。当時の私はひどく無気力で孤独だったことを思い出す。

「ナウマン象の涙」

八十年代の始めだったと思う。どうしたわけか、デモ行進の群衆の中にいた。いつだって白眼視される側だった。シュプレヒコールを覚えている。「反核、有事立法、大型間接税はんたーい」。三十年が経過。フクシマでは今も六万人近い人々が避難生活を余儀なくされている。原発はどんな社会にもあってはならない。今の私は鈍磨な抵抗者にすぎない。せめて詩に託した。

日野 笙子 (p.88)

日野 笙子（ひの　しょうこ）
札幌市在住。１９５９年生まれ。
文芸とシナリオ誌「開かれた部屋」「雪国」同人。
近年、詩誌「コールサック」、アンソロジー『戦争を拒む』、『詩と思想詩人集』、『少年少女に希望を届ける詩集』などに参加。

「妻の口癖　～銀婚式の日に想う～」

私は幾つかの職を転々とし、結婚して八年経ってやっと本採用が決まり、生活が落ち着きました。けれども世の中はバブル時代でその職が公務員でしたから、それほど時代の恩恵は受けませんでした。勿論バブルがはじけても落ち着いたとはいえ、ずっとつましい生活でした。だから妻は贅沢には全く触れずに生活をし、とうとう銀婚式になってしまったのです。そしてその日も何気なく過ぎていってしまったのでした。何かしてあげたい、けれどもどうにもできないもどかしさから、せめて一篇の詩を書いたのです。

「大きくなった佑樹」

たった二間の団地に二十五年近く住んでいましたが、これは佑樹が三、四歳の頃だったと思います。丁度住まいと商店街を結ぶ橋の上辺りで見つけた時のことでした。きっと慣れないお使いに緊張しながら歩いていたのでしょう。この子も今年三十歳になります。懐かしい思い出の風景です。

星 清彦 (p.80)

星 清彦（ほし　きよひこ）

昭和三十一年七月五日、山形県酒田市出身。昭和五十一年、千葉市内の淑徳大学社会福祉学部に入学。父の家業の倒産により四年生で中退。その後明星大学で小学校二級の免許を取得し、教職に就く。後、千葉大学で一級の免許を取得する。平成五年、日本詩人クラブに所属し現在まで在籍。個人誌「凪」「休憩時間」を主宰。「覇気」「一軒家」などに籍を置かせていただいている。

「贈り物」

平成二十年の秋、交通事故に遭い三か所の病院に合計四か月半入院する経験をしました。十日間の意識不明からなんとか回復したものの、体のあちこちを怪我してしばらくベッドで寝たままの状態でした。肉体的にも精神的にも痛みのどん底に落とされ、もう二度と立って歩くことはできないのだろうと覚悟を決めていました。数回の手術、激痛に耐えながらのリハビリを経て、十か月後に杖がなくても歩けるまでになりました。

お見舞いに来たり手紙をくれた人へのお返しに、どうしても詩を書いてプレゼントしたい。ふだん詩を書いているわけではないのにそうしたい気持ちがこみ上げてきたのです。図書館や喫茶店で何度も書き直してできたのがこの詩です。人は痛みから大切な学びを得る事ができる。この詩は自分へのメッセージだったのかもしれません。のちに詩集を出した時、この詩がとてもよかった、と数人の方から手紙を頂きました。友人のひとりは今でもバッグに入れて持ち歩いているそうです。

星野 博（p.84）

星野 博（ほしの　ひろし）

一九六三年　福島県会津坂下町に生まれ東京都立川市で育つ。
一九八六年　明星大学を卒業。以後数社の会社に勤務。
二〇一四年　アンソロジー詩集『ＳＮＳの詩の風41』に参加。
二〇一五年　エッセイアンソロジー『それぞれの道～33のドラマ～』に参加。第一詩集『線の彼方』刊行。
二〇一六年　アンソロジー詩集『海の詩集』『少年少女に希望を届ける詩集』に参加。
二〇一七年　第二詩集『ロードショー』刊行。

「花の季節」

詩集『延年』(二〇〇三年、いしゅたる社)に収めたこの詩を、私は一四歳での被爆体験をもとに書いた。しかし、いまにも頭上にミサイルが降ってくる、という状況下で、この詩について語るとは、予想だにしなかった。韓国・日本で何百万人の犠牲者が出ようと、アメリカ人が一人も死なないうちに、北朝鮮を撃つべきだ、と米国人は公言している。

今年の夾竹桃を、私たちは見るだろうか。

「羽仁五郎」

一五人を収容した詩集『じじい百態』(一九七四年、一国文社)中の一篇。〃男の権威〃のシンボル達に、一矢を報いる狙いで、少数のツワモノには支持されたが、大多数の男性詩人には白眼視され、『詩学』には、毒々しい批判が載った。ところが一世代も若い女性詩人からは、「単なるユーモア」としか解されていない……の事実を、認識できるまでに時間がかかった。

日本女性の社会的地位は、遅々として向上しない。いくばくも改善されていない。実態の変革よりも早々と、意識が風化してしまうことに、心底、驚いている。

堀場 清子 (p.24)

堀場 清子(ほりば　きよこ)

一九三〇年広島県安佐郡緑井村(現・広島市安佐南区)生まれ、東京都杉並区で育つ。女学校二年の一九四四年夏、緑井で病院を営む祖父の許へ疎開、翌四五年八月六日、米軍の原爆投下に遭う。

爆心から約九キロ北の祖父の病院には、重傷者が運ばれて、前庭やガレージまで埋め、「水……水……」と呻いた。その中を夜も昼も湯呑とヤカンを持って走った。この〃むごだらしさ〃が、生涯の原体験となった。

一九五三年早稲田大学文学部卒、五四年～六三年共同通信社に勤務。高校時代から詩を書き始め、現在は『いのちの籠』同人。日本現代詩人会々員、日本ペンクラブ会員。一九八二年～二〇〇二年、詩とエッセイの小誌『いしゅたる』を編集・発行。

主な著作。詩集＝『空』、『じじい百態』、『首里』(第十一回現代詩人賞)、『堀場清子全詩集』。著書＝『高群逸枝』(共著)、『わが高群逸枝』(共著)、『青鞜の時代』、『イナグヤ　ナナバチ』(第五回女性史青山なを賞)、『禁じられた原爆体験』、『原爆　表現と検閲』、『高群逸枝の生涯／年譜と著作』、『鱗片』。

「慈悲」と「旅のお札」について

「慈悲」は詩集『或る一年 Ⅱ』のⅦ章、白鳳天平の国宝仏巡礼の中の作品です。日本の仏教文化の創生期で仏像の概念や様式の出来上がっていない時代、仏像の中に理想の人間像を求めた、発願主と仏師の願望をみる思いで書いたものです。そして人間仏には特定のモデル説が残るロマン（物語）もありました。

「旅のお札」は詩集『或る一年』のⅢ章、中国・韓国の旅の中の作品です。十五年ほど前ゴルフ場を設計する仕事で、福建省におとずれた時の出来ごと。地方都市の空港から下町の古いホテルに向かい、逗留した時にめぐり会った、汚れた「お札」の話です。その頃は日本も中国もバブル経済の崩壊後で、都市の下町は建設投資は進まず、貧しさに混沌としていましたが一般市民はよく働き活気がありました。そして、小額のお札も、路上の市場で、汚れきって働いていました。そんな風情のなかで、場所性と物語性が浮んできた、作品です。

美濃 吉昭（p.120）

美濃 吉昭（みの　よしあき）

一九三六年生まれ、建築家

詩誌同人歴

「夜の詩会」「ミラー」（一九五四〜一九五九年）

建築、ゴルフコース設計に専従、詩作は無し

（一九六一〜二〇一四年）

文芸誌「コールサック」に参加と「軸」「秋桜」

（二〇一四年〜現在）

著書

詩集「或る一年〜詩の旅〜」（コールサック社）

詩集「或る一年〜詩の旅〜Ⅱ」（コールサック社）

所属団体

日本詩人クラブ・関西詩人協会・大阪詩人会議

「五月の浜辺」「かごまちは」

詩選集にお誘いを受ける度に、趣旨に合っている作品かなあと悩み迷いながら、まあいいかと参加させてもらってきた。けれど今回ばかりは無理！ 代表作なんてないよと。でも自分の好きな作品は少しあるかなあと思い返し、丁度全集に取り組んでいたので、その元原稿の中から探してみた。いくら思い入れはあっても、作品としてはやっぱり不満だとブツブツ。何とか二作を見つけた。これは、信頼している先生方や思いがけない方々にも評価され、素直にうれしかったなと思い出した。一方で、この二作とも、書き始めたらペンが追い付かないほど次々と浮んで、一気に書いた。誰かに背中を押され、夢中になって言語化していった作品だった。誰かとは、どこまでも自由な羽根を持つ神さま。一年に二回位、空から降りて来て下さる、私の大切な詩の神さまだ。今度も、刊行の趣旨とはズレている気がするけれど、この二作で、まあいいかと。いつもいいかげんで恥ずかしいことです。

柳生 じゅん子（p.20）

柳生じゅん子（やぎゅう　じゅんこ）（本名・淳子）

詩集
一九八一年『視線の向うに』（草土詩舎）
一九八七年『声紋』（沙漠詩人集団）
一九九一年『天の路地』（本多企画）
一九九四年『静かな時間』（本多企画）
二〇〇二年『藍色の馬』（本多企画）
二〇〇九年『水琴窟の記憶』（海鳥社）
二〇一四年『ざくろと葡萄』（土曜美術社出版販売）
二〇一七年『新日本現代詩文庫柳生じゅん子詩集』（土曜美術社出版販売）

エッセイ集
二〇一五年『詩を読むよろこび』（タルタの会）

少年詩
二〇一六年『友だちと鈴虫』（岩崎書店）

所属
＊「野火の会」「炮氓」「えん」「沙漠」などを経て現在「タルタ」「いのちの籠」「こだま」「とびうお」に参加
日本現代詩人会・日本詩人クラブ・日本社会文学会・日本文藝家協会、各会員

「流氷の海」――知床にて――

二〇代の初めに、作家関川周・平松節子夫妻が主宰する「雲」という同人誌に加入した。文学を志すというより、詩でも随筆でも小説でも、書いたものは総て掲載してくれる優しい編集で、普通の勤め人、商店員、主婦など多くの人が集まっていた。工員の私でも入れたのだ。

合評会で毎回司会をしたのはFという声の大きい男性だった。世話好きで、感激屋で熱い思いの男だった。一六歳で満蒙開拓青少年義勇軍に志願して入ったという。敗戦後、生きるために、現地の民兵に身を投じ、大陸を彷徨し、中国軍に組み込まれ、最後は八路軍に入り、訓練を受けて帰国したと言っていた。彼はこの苛烈な青春期の体験を、何とか文章に残したいと「風の民兵」と作品の題も決めていた。短いエッセイでは読んだが、本人は本格的な作品にしたかったようだ。

六〇歳を過ぎて、私は知床で流氷を見た。アムール河の氷が、オホーツク海を埋めつくす流氷になると知って、黒竜江周辺を彷徨した、Fさんの青春に思いを馳せた。彼はすでに亡くなっていたが、群れて飛翔する海鳥の声が寒風の中で、彼の無念の声に聞こえた。

矢野 俊彦 （p.118）

矢野 俊彦（やの　としひこ）

一九四三年三月一日、東京都品川区大井町で、父矢野陽、母矢野とし子の長男として生る。生後間もなく母の実家、山梨県北都留郡賑《にぎ》岡村岩殿に疎開。（現大月市）一九四九年父が二七歳で亡くなる。中学校卒業後、集団就職で東京都品川区の町工場に就職。

一九六三年、文芸同人誌「雲」入会。

一九六五年、芝浦工大高校（定時制）入学。

一九七二年、「雲」会員加藤洋子と結婚。

一九七七年、文芸同人「雲」解散に伴い有志で文芸同人「砂の会」結成。編集委員の一人となる。

一九七七年八月、妻洋子死去。

一九八〇年、再婚後、神奈川県厚木市居住。

一九九五年、「国鉄詩人連盟」加入。

一九九七年、詩集「北の都で」発行。

二〇〇七年、詩集「本郷坂の街」発行。

二〇一〇年、「国鉄詩人連盟」事務局を担う。

「記憶」「父の答え」

「記憶」は戦争と平和を考える詩誌「いのちの籠」の創刊号の巻頭詩として載せていただいたものです。「いのちの籠」は現在38号で戦争の悲惨さ平和への願いを込めて活躍しております。この詩は、まだ就学前の幼い私に初めて異国の世界と、理不尽を教えてくれた事件で、多分、貨物列車に一両車あつらえた特別車両、アメリカの軍の方針で民主主義教育などの任務を持って長野県に来た、ウイリアム・ケリーは軍の仕事を終え帰国する時だったと、後から私は知りました。貧しい戦後とかけ離れた豪華な車両が小さな駅に特別停車し、また、父とケリーが国と国の恩讐を超えて人間としての繋がりが感じられ、今でもはっきりと覚えており、幼いなりにも人間の世界観の原点となりました。

「父の答え」。昔、父が結核で三年間入院していたこの病院は、今は、半分の入院患者は介護老人で埋まっていて、久しぶりに父を車いすに乗せて、病院の脇を流れる千曲川へ。川に沿った土手は父の生まれた貧しい村にずっと続いている。その村は父の年代でも、不思議な事に学問を究めた人が多く、祖父もこれからは学問の時代だと考えて、借金までして父に教育したとか。戦前戦後と激しく生きた父も今は介護老人としてこの病院に。千曲川の流れを見ながら車いすの父と会話が少し出来たと、喜んで帰ってきたけれど、その夜、姉からの電話は「おじいちゃんが、今日は誰も来なかったといってたよ」と寂しいもので、東京に住み、介護も時たましかゆけない私は空気だったのかも、千曲川の水面の上を吹き抜ける空気だったのかと、妙に納得もしていました。

山野 なつみ（p.48）

山野 なつみ（やまの　なつみ）

長野県長野市生まれ。

現在、神奈川県相模原市に居住。

詩誌「いのちの籠」「まひる」の同人。

著書『時間のレシピ』『自由時間・主婦時間』『街角のビートルズ』『動く画面　とうさんさようならまた逢う日まで』『上海おばさん日記』など。

日本児童文学会員、東京都民美術準会員。

生きる姿としての詩

二冊しかない詩集の中から一つずつ、第一詩集からは初期の作品を、第二詩集からは子どもに因む作品を選んだ。「小石さがし」は、子どもの頃の思い出を素材にしている。子どもの頃と同じように、あるべき姿を不器用に探している自分が今もある。私の生きる姿勢の原点とも言える作品だと思う。「鍵盤にふれる」は、ピアノを奏でる（自分の命を精一杯享受して生きる）行為が、過酷な境遇の中で生きることができなかった他者の命とつながっていることを願う作品。奏でるということを、詩を書くことと言い換えてもいい。

生きることと言葉との関係が私の関心事である。詩を読んだり書いたりすることによって、救われもしたし生きる勇気や慰めを貰ったりもしてきた。詩に生きる姿勢を問うてきたのだと思う。今回選んだ作品は、その時その時の私の、生きる姿が形象化されたものとも言えるのかもしれない。

これからも生きる姿を問いながら言葉と向き合っていきたいと思っている。その中から自ずと詩が形づくられてくるのを、ただ待ち、願うばかりである。

吉川 伸幸（p.66）

吉川 伸幸（よしかわ　のぶゆき）

一九六七年、三重県生まれ。二〇〇五年、第一詩集『今届いた風は』（三重詩話会）刊行。二〇一四年、第二詩集『こどものいない夏』（土曜美術社出版販売）刊行（福田正夫賞）。詩誌「三重詩人」同人。三重県詩人クラブ、中日詩人会、日本現代詩人会各会員。

詩作途上の三つの通過点

新聞の記事で作品を描こうとするといつも記事の焼き直しでつまらない作品になりがちである。そんなとき突然『疑惑』の詩が誕生した。全く頭の置きどころがいつもと違って描きたかった素材を俯瞰し、印象をそのまま描く手法を初めてそのとき手にした。『顔』はそのまま描いては詩にならない素材に「二つの顔」を使った。顔は人格権、更にもう一つの為政者の顔を持たせると憲法違反。実際はあり得ない話も詩で描くならそれなりに転がって行く、これを知ったことは大きく、これは私の諷刺詩の始まり。

共謀罪を主題に『内心』を描いた。前半部分はその時の私をモデルにした。その先は説明になって描けないのでやめた。そして他の作品を幾つか書いたあと再びこれを取り出して描いた。何故前回書けなかったかを考えて、①共謀罪の怒りが本物でなかった。②共謀罪に正面から体当たりしてなかった。③詩の感性が眠っていた。と結論づけた。三つの作品は詩作途上の通過点で、貴重な作品だったと思う。

吉村 悟一 (p.124)

吉村 悟一（よしむら　ごいち）

一九三九年一一月　大田区（旧・蒲田区）で出生
一九九五年　三月　心筋梗塞発作・パイパス手術
二〇〇〇年　三月　定年退職
　　　　　　四月　月刊誌『詩人会議』購読
　　　　　　九月　「グループ耕」に入会
二〇〇四年　九月　「横浜詩人会議」に入会
二〇〇五年　三月　「詩人会議」に入会
二〇〇七年　五月　「ポエム・マチネ」結成・入会
二〇一一年　三月　第一詩集『阿修羅』（詩人会議出版）
二〇一三年　六月　完全房室ブロック・ペースメーカー植え込み手術
二〇一四年　六月　心房粗動の治療
二〇一七年一〇月　第二詩集『何かは何かのまま残る』（コールサック社）

「サファイア異聞」「羽根」

「サファイア異聞」は、二十代終わりの作品。大学の研究員で、予備校の講師を兼ねていた頃であろう。博士号は取ったものの、常勤研究者の道は険しかった。私は基本的にはフィールド主体の研究者だが、野外調査に行く費用が乏しく、実験や分析にさく時間が多かったと思う。当時ルビーやサファイアなどの合成宝石の研究が注目されており、言葉で宝石ができないものかとよく夢想していたようだ。詩論ではバシュラールに、作品ではポンジュに魅かれていた。

一方、「羽根」は、四十代終わりの作品。この頃に最初の詩論集『北方抒情―亜寒帯の詩学』をまとめたが、詩に対する熱意がやや薄れていた時かもしれない。詩よりも研究に熱中し、沖縄や奄美に何度も出かけ、海外の学会に毎年出席した。その時に当地の自然史博物館を見学するのが楽しみのひとつだった。普段は公開されてない貴重な標本を見せてもらう機会もあった。四〇代から五〇代にかけて、切れ味ある短詩を集中的に書きたいと実践していたが、多くは酷評されていた。そんな中で意外と好評で、自分らしさがでていた作品であろうか。

若宮 明彦 (p.18)

若宮 明彦（わかみや　あきひこ）（本名　鈴木明彦）

北海道教育大学札幌校教授。理学博士。北海道大学大学院理学研究科博士課程修了。

学生時代より詩作を行い、現在詩誌「極光」（小樽）、「かおす」（松本）同人。北海道詩人協会会長、北海道文学館評議員、日本現代詩歌文学館評議員。さっぽろ市民文芸選考委員、文学岩見沢奨励賞選考委員、更科源蔵文学賞選考委員、北海道新聞「日曜文芸（詩）」選者。

札幌市民芸術祭奨励賞（一九九〇）、文学岩見沢奨励賞（一九九二）、北海道詩人協会賞（一九九八）、札幌文化奨励賞（二〇一二）、北海道文化奨励賞（二〇一七）受賞。

詩集『掌の中の小石』（かおすの会）、『風が空を思う時』（雲と麦詩人会）、『貝殻幻想』（土曜美術社出版販売）、『海のエスキス』（書肆山田）、詩論集『北方抒情』（書肆青樹社）、アンソロジー『海の詩集』（コールサック社）など。

時勢と個的岐路に立たされて

「ネット・イリュージョン」。当時盛んに飛び交うようになった「ネット」ということばから、ふと閃いた。運動会で、地面に敷かれるネット。そこへヨーイ・ドンで走って来た生徒たちが、一斉に潜り込み、我れ先に脱け出そうと喘《あえ》ぎ、踠《もが》くシーンが展開して滑稽きわまりない。まるで世界の状況そのものを、カリカチュアナイズしているように思えてならなかった。

「考える人」。出版編集の激務から突然解かれ、文学から美術へと意識を移行しつつある時期の虚脱状態から生まれた。明らかに、ステージ上での朗読とアクションをイメージしている。

以上、〝私の代表作〟というよりも、正確には〝好みの作品〟と称した方が近いかもしれない。

ワシオ・トシヒコ（p.90）

ワシオ・トシヒコ

一九四三年　岩手県釜石市の村井家に生まれる。母早逝し、義祖父と継母に大切に育てられる。本名、鷲尾俊彦。
一九五九年　高校、大学とも國學院に学ぶ。
一九六六年　詩集『星ひとつ』（私家版）刊。
一九六九年　詩集『身売り話』（牧歌の会）刊。
一九七七年　詩集『都市荒野』（花神社）刊。
一九七八年　現代句集『列島鬼何学』（葦書房）刊。
二〇〇七年　新・日本現代詩文庫『ワシオ・トシヒコ詩集』（土曜美術社出版販売）刊。
二〇一二年　詩集『晴れ、のち〈3・11〉』（土曜美術社出版販売）刊。
二〇一七年　ワシオ・トシヒコ定稿詩集『われはうたへど』（コールサック社）刊。
現在、日本現代詩人会、美術評論家連盟、各会員。

あとがき

鏡の詩学、そこに映るのは……

佐相　憲一

珍しい詩集ができた。自己卑下さえ美徳となるような息苦しいわが国では、『私の代表作』というタイトルは挑発的に感じられるかもしれないが、正直でユニークな詩選集だ。

何しろ現役の詩人たちがそれぞれ自分の責任において選んだ一～三篇なので、作品鑑賞のほかにもうひとつの関心が喚起されるだろう。物書きによる自己分析という側面である。いったい詩人という人種はどういう鏡をもっているのか。

詩人の代表詩篇、それは通常、読者がそれぞれに感じ選ぶものだろう。いにしえの世界詩人や日本の物故詩人なども、あの詩人はあの詩が有名だとか、あの詩が教科書に載っているとか、あの詩で受賞した、あるいは、わたしはあの詩人のこの詩が好きだ、など。それはそれで説得力を持ち、文学史に刻まれたり、死後の詩選集を編まれたりする判断基準にもなっている。では、詩人本人は、自分の詩群をどう自己評価していたのか。それが知りたくて研究書を読み漁る向きもあるだろう。

ところが、現役の詩人となると、なかなか自分で代表作などとは言えない心情が働き、もっぱら、読者の判断にゆだねられている。それ自体は大事なことだから、大いに他者の視点で論じればいいのだが、正直言って、作者自身が選ぶ代表作ってどの詩なのか、という興味もわく。それは、その詩人自身が創作にあたって何をめざしているのか、自分の詩をどう見ているのか、という作家論の領域にも関わるからである。

あらゆる条件をとっぱらって、書いてきたすべての詩の中から自ら選ぶ代表作はどれなのか。そういう本があってもいいなあ、そういう詩集を読んでみたいなあ、という声。そのような思いを共有するワシオ・トシヒコ氏と佐相憲一が話し合って、この詩選集『私の代表作』は企画された。魔球をあやつるエースピッチャー、ワシオ・トシヒコ氏から構想を聴いた時、キャッチャー兼監督のわたしは即答した。よし、やりましょう、直球勝負で！すると、類まれなオールスター面々がグラウンドに出てきてくれた。

もちろん、この自選行為は誰を縛るものでもない。作者も気が変わることがあるだろうし、今後もいい詩が生まれるだろう。読者も同意を強制されない。むしろ、もっとあの詩の方がいいのに、などの声もまた、その詩世界を積極的に共に見つめるいいきっかけになるだろう。

五六名分ずらりと並んだ魔の鏡を見れば、仮面が外された無防備な詩魂がゆらゆらと浮かんで見えるか、あるいは自己分析が思いがけない内なる新顔を生み出しているか、野次馬読者に楽しんでもらえたら幸いだ。

収録行数の制限があるので、それを越える長詩は選択肢に入れられなかったが、約八〇行という制限はそれでも長い方であるから、詩人たちはそれぞれ、一部の長詩の試みを除いて、概ねこの中で自己選択することができたであろう。

巻末に略歴と共にそれぞれの「選んだ思い」を書いてもらったが、まちまちの受け取り方で面白い。ぶっきらぼうながら本質を提示する人もいれば、大切なエピソードや思い入れを語る人、他者に評価されたので自分も代表作と考えた人、ベテランがあえて初期の初々しさを懐かしんで選んだり、まだ詩集を出していない新鋭が世にこれを読んでほしいと真摯に差し出したり、この「選んだ思い」を続けて読むだけでもなかなか興味深い読み物になっている。鏡というものが他人に見られるのだから、恥じらいながら、思わず、ほっこり、そんな空気も漂ってくるではないか。

現代詩の重鎮のような存在から、近年発表し始めた存在まで、世代間を結び、自分で選んだ代表作で共演する姿は、もしかしたらとかく硬直的で交流に欠けたこの国の詩界にも重要な一石を投じるかもしれない。

そして、未知の広範な読者に、一冊の詩集として通しで読んでいただけたらうれしい。二章に分けて収録した五六名の〈私の代表作〉はそれなりの重みと軽みをもってつながっているだろう。現役詩人の詩はなかなか一般の眼に触れる機会がない。この詩選集が、地下水脈のごとく全国に流れる現代詩の世界に人びとが出会う貴重な場ともなればいい。

石炭袋

詩選集『私の代表作』

2018年4月18日　初版発行
編　者　ワシオ・トシヒコ／佐相憲一
発行者　鈴木比佐雄
発行所　株式会社 コールサック社
〒173-0004　東京都板橋区板橋 2-63-4-209
電話 03-5944-3258　FAX 03-5944-3238
suzuki@coal-sack.com　http://www.coal-sack.com
郵便振替　00180-4-741802
印刷管理　（株）コールサック社　製作部

装丁　奥川はるみ

落丁本・乱丁本はお取り替えいたします。
ISBN978-4-86435-333-5　C1092　￥2000E